RIEN QU'UN JOUR DE PLUS
DANS LA VIE D'UN PAUVRE FOU

Collection animée par Soazig Le Bail

ISBN 978-2-84420-887-3

Couverture : Thomas Gabison
Maquette : Amandine Chambosse

Loi n° 49-956 du 16 juillet 1949 sur les publications destinées à la jeunesse

Je te ramènerai à la maison, Kathleen
Là où ton cœur s'apaisera.

Chanson américaine

J'ai prié pour retrouver mon enfance, et elle est revenue, et je sens qu'elle est toujours dure comme autrefois et qu'il ne m'a servi à rien de vieillir.

Rainer Maria Rilke
Les Cahiers de Malte Laurids Brigge

ÉLISE

Mardi 12 juillet

– Tu surveilles Élise une petite heure, mon grand ? Le temps d'une ou deux courses dans le quartier.

Je déteste que maman m'appelle « mon grand ». J'ai dix-sept ans. C'est ridicule. Surtout quand elle parle aussi fort, ameutant les autres personnes assises sur les bancs du parc Émile-Zola. Une façon de clamer : « C'est mon fils ! Il est beau, n'est-ce pas ? Et gentil à un point, si vous saviez ! » Si je suis dans les parages, maman ne peut pas s'empêcher de débiter ces niaiseries à quiconque discute avec elle plus de trois minutes.

Mais là, nous sommes au parc alors que j'aimerais être sur la plage. Et je déteste surveiller ma sœur. Je ne suis pas si gentil que maman le dit. Obéissant, plutôt. Élise a trois ans. Un bébé. J'aurai l'air de quoi à pinailler autour des bacs à sable et des toboggans, pendant que ma sœur se fera tirer les cheveux par des têtes à claques ou tirera ceux des têtes à claques ?

De magnifiques cheveux blonds de poupée Barbie.

J'aurai l'air d'un crétin. Ou alors d'un père précoce ? L'horreur. J'imagine le ricanement d'un connard croisant au ras du banc sur lequel je suis assis. « Un môme à son âge ? Sa copine ne connaît pas la pilule ? »

J'ai déjà entendu cette fine plaisanterie dans ce même parc, alors que je surveillais ma sœur.

– Bon, j'y vais, mon grand, et je me dépêche, dit maman, en se levant. Je te laisse mon bouquin, mais tu essaies de ne pas l'oublier comme la dernière fois : je ne l'ai pas terminé. Prends garde à Élise. En ce moment elle est excitée, elle court partout et abîme ses vêtements.

Elle s'en va. Je ne proteste pas. À quoi bon ? Qui me remplacerait ? Elle se dirige vers les toboggans, embrasse dix fois Élise. C'est vrai que ma sœur est trognon dans sa petite salopette bleue, avec ses nattes qui dégoulinent dans son dos. Maman s'enfonce dans l'ombre de l'allée qui mène à la sortie du parc Émile-Zola. Un parc immense, quadrillé de chemins goudronnés. Il y a partout des vélos qui tournent, des personnes en short qui courent et transpirent et, au beau milieu de ce bazar, sous les énormes marronniers, se tient un manège permanent. Élise exigera évidemment d'y grimper sous prétexte d'attraper le pompon. Elle n'a aucune chance : je n'ai pas un rond.

Mais j'ai deux heures à tuer. Deux, parce que « une petite heure » traduit correctement du langage maternel signifie « deux heures interminables ». Un sacré bout de temps à jouer à la baby-sitter alors que mon passage éclair au parc n'avait d'autre but que d'annoncer à maman que je pars camper à Annecy la semaine prochaine. Avec Chloé. Une annonce pas évidente. Pendant que je pétrissais les mots dans ma bouche, maman en a profité pour me sortir : « Tu surveilles Élise une petite heure, mon grand ? » Et s'en aller. Et me larguer Élise.

« De toute façon, ton père ne serait pas d'accord pour que tu partes avec une fille de ton âge, comme ça, sous une tente, aurait dit maman, des larmes dans les yeux. Il faut que je réfléchisse. »

Papa est mort avant la naissance d'Élise.

La bagarre verbale aurait duré plusieurs jours, le temps que maman *réfléchisse*, mais j'aurais gagné. Le match est reporté. Dommage : le parc est l'endroit idéal pour ce genre d'annonce embarrassante.

J'ouvre le bouquin. *La Septième Rencontre*. L'auteur a un nom nordique, difficile à prononcer. Pas vraiment envie de lire. De toute façon, je n'aime que les romans policiers, ceux que papa lisait, mais j'ai épuisé sa bibliothèque. Le constat est accablant : deux heures à m'emmerder, les fesses clouées à ce banc. Élise court de jeu en jeu. Elle a de quoi s'occuper. Pas de souci de ce côté-là, elle ne viendra pas exiger que je joue avec elle, mais ça me gonfle de tenir ce rôle de nounou. La même chanson à chaque vacances d'été : « Les lycéens, vous croulez sous le temps libre, alors ne râle pas quand je demande un petit service. »

Mon temps libre, je l'utiliserais volontiers couché sous les marronniers, dans l'herbe, au fond du parc, avec Chloé. Planqués loin des promeneurs. Ma main ramperait sous la jupe de Chloé. Je fantasme à mort, parce que je sais très bien que ça ne se produirait pas. Elle m'a dit : « On le fera en camping. Ni chez toi ni chez moi, ça me gêne. On n'a plus qu'une semaine à attendre. »

Élise arrive en courant. Elle jette sur le banc le fin gilet bleu qu'elle doit porter par-dessus sa salopette.

– Non, Lisou ! Maman ne veut pas que tu aies les bras nus sans crème solaire !

– Trop chaud ! M'appelle pas Lisou ! Je le dirai à maman.

Elle me tire la langue et repart en courant.

– Ne t'éloigne pas, Élise ! Tu dois rester près des jeux !

J'ai crié. Je suis embarrassé. Si tout le monde braille comme moi… Il y a déjà assez de bruit et d'agitation sans en rajouter. Je lorgne à droite et à gauche, certain de croiser des regards de mépris. Sur le banc d'à côté, une femme lit un livre. Elle lève la tête, me sourit. Dit :

– Votre sœur est mignonne comme tout. À croquer, vraiment. On dirait qu'elle a du caractère !

Je rougis, hoche la tête, fais semblant de m'absorber dans la lecture de *La Septième Rencontre*. Entamer une discussion avec une mère de famille inconnue ne me tente pas plus que ça. J'aurais droit au baratin habituel sur les bébés et merci d'avance, j'en connais un bout sur le sujet ! C'est étrange : le visage de cette femme sourit et pourtant son regard demeure vide. Triste. Mort.

L'homme place ses jumelles contre ses yeux et tourne la molette qui permet d'obtenir une image nette. Il se tient près d'un marronnier énorme mais dont les branches sont sèches. Des plaies brunes creusent le tronc de l'arbre mort. Un écriteau y est apposé : *Attention, danger, chute de branches possible. Ne pas s'approcher.* L'arbre empiète sur le mur d'enceinte du parc qui passe derrière. Un mur en piteux état, lui aussi. Il s'effondre par endroits et penche d'une façon inquiétante. Une pancarte, semblable à l'autre, prévient les promeneurs qui viendraient là : *Attention, danger, chute de pierres. Ne pas approcher. Surveillez vos enfants.* D'ailleurs, un périmètre délimité par des rubans de plastique rouge interdit en principe d'accéder à l'endroit dangereux. C'est sans doute la raison pour laquelle il n'y a personne dans les parages.

Sauf l'homme.

La trentaine. Une chevelure de teinte incertaine, déjà clairsemée. Un visage gris de fatigue, aux yeux cernés. L'homme est vêtu d'un jean ordinaire, d'un T-shirt noir banal et de baskets noires tout aussi quelconques. De l'autre côté du mur, une voiture. Sa voiture. Une Volvo, dont le coffre est ouvert comme si on s'apprêtait à y charger quelque chose. Elle est garée grâce à une délicate manœuvre qui a approché le coffre de la Volvo quasi contre le trou d'un mètre de circonférence qui perfore le mur du parc.

L'homme a réussi la mise au point de l'image que lui délivrent les jumelles de chasse de marque Zeiss. Il sait qu'elles sont fiables, probablement les meilleures du monde, et qu'elles lui accorderont une vision d'une netteté parfaite à trois cents mètres. Un travelling de la gauche vers la droite lui permet de balayer l'espace qui l'intéresse et de parvenir à l'aire de jeux réservée aux enfants. Les Zeiss fouillent. Morceau par morceau. Elles bougent entre ses mains qui tremblent. De plus en plus. Elles s'affolent.

– Merde ! jure l'homme entre ses dents serrées.

La petite fille a disparu. Il ne la voit plus. L'homme éloigne les jumelles de son visage couvert de sueur. Il se frotte vigoureusement les yeux. À s'en faire mal.

– Putain, gronde l'homme, je ne vais pas recommencer ce cirque jusqu'à perpète !

Il replace les jumelles, les appuie à sa peau comme s'il voulait se les faire entrer dans le crâne. Travelling droite-gauche cette fois, suivi d'un soupir de soulagement.

– Pas trop tôt !

La petite fille entre dans son champ de vision. Salopette bleue. Bras nus. Elle court d'un jeu à l'autre. Ses nattes blondes sautillent dans son dos. Les Zeiss doivent subir un exaspérant footing afin de suivre les rapides et incessants déplacements de la petite fille.

Il ignore son nom. Aucune importance pour l'instant. Elle est à l'endroit où elle doit être, c'est l'essentiel. La suite du plan élaboré avec minutie est très claire dans sa tête. Les jumelles délaissent l'aire de jeux. Cherchent les bancs où s'assoient les parents, les grands-parents, les frères ou les sœurs, bref les adultes chargés de la surveillance des enfants.

Maintenant, elles cherchent le frère. Le trouvent. Un léger déplacement des Zeiss sur la droite. L'autre banc.

– Tu te décides, oui ou non. C'est maintenant ou jamais, grommelle l'homme.

Puis, il sourit. La femme, qui était entrée dans le champ de vision des jumelles, se lève. Elle s'éloigne d'une dizaine de mètres. Le portable de l'homme, dans sa poche de jean, émet un mugissement sourd. Il le prend, écoute.

– Oui ?

– Elle s'appelle Élise, dit la voix de la femme.

Il replace les jumelles devant ses yeux. La voit se retourner et se diriger vers le banc où le jeune homme est assis.

– C'est parti ! s'exclame l'homme d'une voix étouffée.

– Je peux m'asseoir près de vous ? Vous lisez quoi ?

Je rougis à nouveau comme un enfant de six ans pris en faute. La femme du banc d'à côté s'installe sans attendre ma réponse. Elle me prend le livre des mains. Quel culot. Elle lit le titre.

– *La Septième Rencontre*. C'est bien ? Je ne connais pas l'auteur.

Je mens.

– Oui.

– Ça raconte quoi ?

Aïe. Je hausse les épaules. Elle ne se laisse pas démonter.

– Pas comme le mien, une histoire fantastique ridicule, dit la jeune femme.

Une trentaine d'années, au pif, selon moi. Donc, une vieille. Enfin, non, pas tant que ça. Maman n'est pas vieille à bientôt quarante. Elle montre son banc et son bouquin retourné à califourchon sur le bois, à la page où elle en était. « Pas très soigneuse », s'indignerait maman. Le culot de l'inconnue m'en bouche un coin.

– Je m'appelle Marie-Thérèse, mais je préfère Marité en un seul mot. Et vous, votre nom ?

Je pique un nouveau fard, mais décide de répondre à son sans-gêne en ignorant sa question. Elle me prend vraiment pour un ado qu'on manipule à sa guise. Je la regarde franchement, du moins j'essaie, mais je me contente plutôt d'un coup d'œil vite fait avant que ma tête bifurque ailleurs. Ma façon de lui demander pourquoi elle s'assied sur mon banc et me gonfle avec ses questions indiscrètes alors que je tiens à être peinard. Et là, je constate qu'elle est très belle. Vieille, un peu, mais belle, beaucoup. Des cheveux d'un noir lumineux, coupés à la garçonne, encadrent un visage d'un ovale régulier. Une robe légère, jaune bouton-d'or, épouse le corps de la femme d'une façon presque impudique. Elle est très courte et dévoile un peu les cuisses.

Très décolletée aussi. De beaux seins. Des jambes bronzées. Elle est attirante. Sexy.

– Vous surveillez votre sœur ? Élise, c'est ça ? J'ai entendu son nom.

– Oui.

– Vous n'êtes pas loquace. Je vous fais peur ? Les jolies femmes vous font peur ? Ou alors vous me trouvez trop vieille pour engager la conversation ?

Elle éclate de rire. Ce rire me détend un peu. Je souris et cette fois j'ose la regarder vraiment. Je me heurte aux mêmes yeux vides, tristes, cachés sous la frange de cheveux noirs. Du coup, le rire sonne faux. Elle dit :

– Aucune prétention de ma part, jeune homme. Je sais que je suis belle. Si je me permets de vous taquiner ainsi, c'est parce que j'ai une petite fille de l'âge d'Élise.

– Ah bon ?

C'est tout ce que je suis capable de dire, parce que Marité se rapproche de moi afin de poser *La Septième Rencontre* sur mes genoux. Je perçois l'effleurement de sa cuisse contre la mienne et celui de sa main qui dépose le livre et s'attarde.

Elle me drague ?

Mon cerveau sidéré soulève l'interrogation et répond aussitôt : « Non, impossible, c'est une vieille et tu as dix-sept ans. » Pourtant, elle torpille mes doutes.

– Vous n'êtes pas vilain non plus comme garçon. Vous me plaisez beaucoup.

Pas de rire cette fois qui désamorcerait la torpille. Elle me fixe avec une sorte de gravité. Je deviens pivoine au point que je touche ma joue brûlante, mais un reste d'orgueil me pousse à ne pas fuir son inspection. Je la fixe à mon tour en élaborant une grimace qui s'espère sourire. Non mais qu'est-ce qu'elle s'imagine ? Que je suis un adolescent boutonneux et puceau, assez niais pour s'affoler si une femme le drague ? En gros, c'est assez ce que je suis, alors je mouline un mantra dans ma tête : « Tu as dix-sept ans, pas six, tu as dix-sept ans, pas six. » Ma température corporelle monte encore d'un degré.

Ses yeux sont verts. Une couleur qui ne s'harmonise pas avec celle des cheveux. Une erreur de la nature qui devient une faute de goût chez une femme qui se croit belle. De penser une ânerie pareille me fait sourire plus largement et je m'apprête à lui confier ma réflexion, histoire de prouver que je peux être aussi culotté qu'elle. Je ne suis pas assez rapide. Elle se rapproche encore de moi, en disant :

– Ce banc est d'une propreté douteuse. Ma robe risque de trinquer.

Un prétexte pour déplacer ses fesses. Ses épaules frôlent les miennes, maintenant. La robe s'affaisse entre les cuisses légèrement écartées. Le fin tissu épouse le triangle du pubis. Je sens son parfum. Il est comme une caresse sur ma peau aux abois. Une promesse. Je sens que sous la toile de mon jean, il se passe des trucs plutôt embarrassants.

« Arrête de déconner, ce genre de choses n'arrive pas ! »

C'est ce que je me dis afin de calmer les bouillonnements

de la nature et, en même temps, je me dis aussi que Marité est probablement une pute, oui, tout simplement une pute et, moi je suis un abruti de mec.

– Bon, je constate que je vous effraie, dit Marité. Je m'en vais.

Un autre rire. Cette fois, je ne vois pas ses yeux. Ses paupières sont baissées. Le rire meurt.

– Je me demande pourquoi je fais si peur aux hommes, dit Marité d'une voix triste. Surtout aux jeunes, comme vous. Je suis donc déjà trop vieille pour plaire à un beau jeune homme ? Déjà si repoussante ?

Elle se lève alors que je murmure un « ben non » inaudible. Étrange : je n'ai plus envie qu'elle s'en aille. J'ai envie de respirer encore ce parfum de femme si oriental, alors que Chloé se contente d'une eau de toilette acidulée. J'ai envie de sentir les caresses à peine esquissées de sa peau contre la mienne. En fait, une vieille qui me drague, c'est plutôt excitant. Valorisant.

Demain, quand je raconterai l'épisode aux copains, ils tireront une tronche… La jalousie les anéantira. Cette perspective m'excite encore plus. Je ne raconterai pas mon aventure à Chloé, évidemment. À moins qu'au dernier moment, elle refuse de partir en camping avec moi, qu'elle me dise : « On a le temps… plus tard… pas ici… pas maintenant… sois patient. » L'inconnue, elle, est en train de me dire : « Maintenant… tout de suite… ne perdons pas de temps… » Enfin, je crois.

Marité se dirige vers le banc qu'elle occupait et récupère son livre. Je ne me rends même pas compte que je me suis levé, que je danse d'un pied sur l'autre, l'air con. Je barbouille mes lèvres d'un peu de salive et parviens à bredouiller.

– Vous venez souvent au parc ? Moi, oui. Je m'assieds toujours au même endroit, près des jeux. Et vous ? En tout cas, je reviens demain et peut-être que si j'ai de la chance…

Là, je bloque. Marité sourit.

– Vous parlez rarement, mais quand vous vous décidez, ça vaut la peine. Accompagnez-moi jusqu'à mon vélo. Il est cadenassé à un panneau de signalisation, là, dans l'allée principale.

Son bras droit pointe le tunnel d'ombre que forme la longue allée de marronniers. Je jette un bref coup d'œil sur l'aire de jeux. J'aperçois Élise. Plus exactement, la salopette bleue de ma sœur posée au centre d'un bac à sable. Elle est entourée de plusieurs garçons, tous plus grands qu'elle. Elle préfère la compagnie des garçons à celle des filles et les garçons sont comme moi, ils la trouvent tellement chou qu'ils se battent pour partager ses jeux.

– Oui, d'accord !

Ma réponse a surgi avec tant d'enthousiasme que Marité doit comprendre aussitôt qu'elle n'est pas trop vieille pour « plaire à un beau jeune homme ». Je me sens de plus en plus excité. Une aussi incroyable aventure ne se refuse pas.

Ça serait comment de faire l'amour avec une femme de trente ans ? J'en frissonne d'espoir et de trouille.

– Vous avez froid ? demande Marité. Par cette chaleur ? Peut-être le contraste ombre-soleil ?

Elle me prend le bras. Se serre contre moi. Je n'en reviens pas. On ressemble à un couple d'amoureux. On marche. Lentement. Pourvu que sa bécane soit à perpète dans l'allée.

Elle est à perpète. Tout au long du trajet, je raconte n'importe quoi. Que j'aime surtout le cinéma, les films policiers, que la veille j'ai vu deux fois *Serpico,* que je joue au tennis, que j'aime aussi la mer et que je fais parfois du voilier sur le bateau d'un copain, que... Marité se contente de poser des questions et je fonce dans mon bla bla bla en profitant à mort du contact de sa hanche contre la mienne, de celui de son bras. Je profite de son parfum, de la caresse infime de ses cheveux contre ma joue quand elle se serre plus près contre moi parce que nous croisons des vélos.

– Nous y voilà, dit Marité.

La bécane est fixée à un panneau indiquant : *Chiens interdits, même en laisse.* De l'autre côté du chemin, un autre panneau, plus grand, couvert de lettres rouges : *Les enfants sont sous la surveillance de leurs parents, particulièrement sur les aires de jeux. Le parc Émile-Zola décline toute responsabilité en cas d'accident.*

Je ne me rends pas bien compte de ce qui arrive, tellement ça va vite et tellement mon cœur est sur un trampoline. Pourtant, je conserve assez de lucidité pour m'entendre prononcer cette proposition délirante :

– Je peux vous embrasser ?

C'est moi qui ai dit ça ? Je suis complètement dingue. J'ai l'impression que mon corps se vide de son sang. Elle va éclater de rire. Me gifler. M'insulter.

J'attends la réplique qui me réduira à l'état de nain mental et je l'aurai bien cherché. Marité déverrouille le cadenas du vélo. Elle prend la bécane par le guidon, tourne les roues en direction de la sortie du parc, et j'observe la scène la bouche grande ouverte, comme si j'étais au cinéma. Le mot « fin » va surgir sur l'écran, la lumière se rallumer.

– Oui, je veux bien, dit Marité.

Elle penche la tête. M'offre ses lèvres. L'univers s'écroule autour de moi quand je l'embrasse et pourtant, je remarque la tristesse qui voile son regard.

Elle regrette ?

Marité grimpe sur le vélo. Je dis :

– À demain, même heure, même endroit ?

– Entendu, à demain.

Elle actionne les pédales. La bicyclette s'enfonce sous l'ombre épaisse de l'allée. Bientôt, je ne vois plus que la tache jaune de la robe. Puis, un point qui bouge. Puis, plus rien.

Je retourne vers mon banc. Très lentement. Le plus lentement possible afin d'essayer de voir clair dans ce qui vient d'arriver. Quel choc ! J'imagine la consternation de maman si je lui racontais cet épisode de drague d'une femme qui a presque son âge !

Je parviens près de l'aire de jeux. Mon regard cherche Élise. Une autre tache, bleue cette fois, celle de la salopette. Il y a tellement d'enfants que repérer ma sœur est compliqué. Je m'approche des toboggans. J'appelle.

– Élise ! Élise !

Un gamin de sept ou huit ans s'avance.

– Vous cherchez la fille en bleu ? Elle est partie. Un monsieur est venu la chercher.

Trois semaines plus tard. Mercredi 3 août

Le capitaine de gendarmerie Yves Duflot ne se décide pas à ouvrir la porte et à pénétrer dans la pièce où le gamin l'attend. Il l'appelle « le gamin ». Le nom qu'il donne à son neveu Ugo, qui a le même âge, dix-sept ans, et le nom qu'il emploie avec Sonia, son épouse, quand ils remuent ensemble leurs déceptions en utilisant la phrase habituelle. « Si on avait eu un gamin, les choses auraient été différentes. »

Il le connaît par cœur, le gamin, depuis le temps qu'il l'interroge. Trois semaines. Presque jour après jour. Lui ou d'autres gendarmes. Aujourd'hui est probablement une des dernières fois où ils se rencontrent. Il a dit à ses collègues : « Je suis l'officier le plus gradé, c'est moi qui m'y colle. »

Les autres sont soulagés. Difficile de retenir son émotion quand le gamin raconte la disparition de sa sœur. Être capitaine de gendarmerie, aborder bientôt la cinquantaine, s'être coltiné d'abominables histoires au fil de vingt-cinq ans de carrière ne blindent pas autant que les civils s'imaginent.

Non, il ne connaît pas le gamin par cœur. Celui-ci cache quelque chose. Certaines de ses réponses, très embrouillées, masquent son embarras. Mais il cache quoi ? Le capitaine Duflot possède assez d'expérience pour comprendre qu'il ne le saura probablement jamais. Trois semaines de silence est une période trop longue. Un témoin qui résiste trois semaines ne cède plus. Les murs derrière lesquels il s'est enfermé sont infranchissables. L'inverse est très rare.

Le gendarme entre.

– Bonjour. Comment vas-tu ?

Une question stupide. Il bousille la rencontre dès le début ! Comment le gamin pourrait-il réagir à une question aussi conne alors que sa sœur a été kidnappée et que sa mère, terrassée par une grave dépression, est à l'hôpital ?

– Ça va, répond pourtant le gamin.

Jean, T-shirt, baskets. Le capitaine Duflot constate, une fois de plus, qu'il porte les mêmes vêtements, jour après jour. Il doit vaguement laver le T-shirt le soir, le faire sécher et le remettre le matin. Ou alors, il dispose d'une cargaison de T-shirts noirs identiques. Il se tient tassé sur sa chaise, derrière le bureau que devrait occuper le capitaine, mais qu'il n'utilise pas. Il se place près du gosse, à sa droite et reste debout. Pas devant : la confrontation face à face est trop brutale et amène le témoin à baisser la tête, à fuir le regard de l'adulte.

– J'aimerais que tu me racontes une dernière fois les événements de cette journée, si tu veux bien. Tu reprends tout depuis le début, depuis ton arrivée au parc Émile-Zola. Après… après on en aura terminé, parce que de toute façon…

Le capitaine ne parvient pas à poursuivre ses commentaires. Pas encore. « Parce que de toute façon, nous arrêtons les recherches, du moins les recherches intensives. Nous nous contenterons de la routine. Trop de temps s'est écoulé, nous avons exploré toutes les pistes possibles. Nous ne récupérerons jamais Élise. Tu ne reverras jamais ta sœur. » Comment annoncer une sentence pareille à un gosse de dix-sept ans, déjà KO debout, sans passer pour un salaud de flic insensible ?

Comment ?

Les manuels de gendarmerie ne proposent aucune réponse. Évidemment. Il n'y a pas de réponse à l'ignoble.

Le gamin secoue la tête en fixant ses genoux. Les mots qu'il prononce semblent sortir de son ventre plutôt que de sa bouche, presque close.

– Non. Je ne reparlerai plus jamais de ça. Je l'ai raconté mille fois. J'en ai marre.

– Je sais, oui, je sais, reconnaît le capitaine, abattu.

Il décide d'aller s'asseoir, derrière son bureau, à la place officielle du flic en service. Il n'en peut plus d'être debout à côté de ce gosse au dos voûté de vieux, aux cheveux sales, emmêlés, à côté de ce gosse qui entre dans la vie par la mauvaise porte. Une porte grande ouverte sur l'enfer. Une porte qu'il ne parviendra jamais à refermer complètement.

Duflot s'assied et fixe le gamin avec dureté. Il essaie du moins de planter de la hargne dans ses yeux. Une ultime tentative. Ses collègues et lui ont tout essayé. Douceur, gentillesse, compassion, colère, brutalité, mais le récit de l'abominable après-midi au parc Émile-Zola demeure identique. « Je me suis absenté, j'avais une terrible envie de pisser. Les toilettes du parc sont répugnantes. Je suis allé vers les arbres les plus éloignés de l'aire de jeux, là où presque personne ne passe, mais quand je suis revenu, Élise… »

Le gamin pleure.

– Je crois que tu nous caches un épisode, déclare le gendarme, en posant ses mains bien à plat sur le bureau, afin qu'elles ne le trahissent pas. Tu as fait quelque chose dans ce parc, quelque chose que tu n'aurais pas dû faire, quelque chose qui te fait honte et qui engage ta responsabilité…

Le capitaine lève le bras droit comme s'il voulait empêcher le gamin d'intervenir.

– D'accord, je veux bien admettre qu'il ne s'agit pas d'un trafic de drogue ou d'un événement répréhensible, mais je pense que l'enlèvement d'Élise s'est produit alors que tu étais en faute. Ta conscience hurle si fort qu'elle t'empêche de reconnaître ta responsabilité. Tu as tort. Personne ne t'en voudra. Ce qui est fait est fait et l'avouer aiderait l'enquête. Je suppose que tu dois penser le contraire, que ça ne servirait à rien, mais tu n'es pas policier. Je te le demande pour la dernière fois : que s'est-il passé au parc qui te lie ainsi les mains ?

Le gamin relève la tête. Ses yeux sont gonflés de larmes qui ne coulent plus. Pendant quelques secondes, le gendarme croit avoir enfin gagné la partie. Le gamin hésite. Ses lèvres s'animent. Préparent un aveu. Puis :

– Rien. Je vous l'ai dit : il ne s'est rien passé. J'ai eu envie de pisser.

Le capitaine Yves Duflot soupire et se frotte les yeux. Les joues. La nuque.

– Bon, d'accord... d'accord...

Il repousse encore le moment des informations pénibles qu'il doit délivrer, en posant une question anodine. Amicale.

– Comment as-tu occupé ta journée ?

Le gamin renifle. Déglutit.

– J'ai regardé des films.

– Quoi ?

– *Le Parrain*. Les trois épisodes durent sept heures.

– Ah bon, constate Duflot, d'une voix neutre.

Il ne sait pas quoi dire d'autre. Le cinéma ne l'intéresse pas alors que le gamin se nourrit de films. Surtout des films policiers. La semaine dernière, c'était *Traffic.* Avant, *Scarface, Pulp Fiction...* Le capitaine ne se souvient pas de tous les titres. Il hoche la tête, assemble ses mains devant son visage, souffle sur ses doigts. Bon Dieu, il a l'impression d'avoir cent ans, pas cinquante.

– Voilà ce que je voulais t'annoncer en te demandant de venir aujourd'hui à la gendarmerie, commence le capitaine Yves Duflot.

Il marque une pause, souffle à nouveau sur ses doigts comme si le froid les ankylosait.

– La piste du couple repéré en Bourgogne, près de Sponge, n'a rien donné. Nous avons perdu sa trace parce qu'en fait, on ne savait pas grand-chose. Nous n'avions que deux maigres témoignages, le plus sérieux étant celui d'une vieille femme affirmant avoir vu une voiture arrêtée au bord de la route, avec un couple et un enfant qui vomissait. Le signalement de la petite fille correspondait en gros à celui d'Élise.

– Vous me l'avez déjà dit, murmure le gamin.

– Oui... Oui... Je sais... Je sais...

Le gendarme inspire profondément. Voilà, il y est. Dire la vérité. Brutalement. Laisser un espoir au gamin et à sa mère qui sortira prochainement de l'hôpital serait d'une lâcheté cruelle. Toute sa vie, le gamin réanimera ce feu qui n'existe pas et ça l'empêchera de vivre sa propre vie. D'essayer de vivre. De réussir peut-être à refouler si loin les souvenirs que la mémoire s'éteindra enfin. Alors seulement il pourra avancer et se construire un avenir.

Le capitaine Duflot ferme brièvement les yeux. Les ouvre. Fixe le gamin. Ordonne :

– Regarde-moi !

Le gosse obéit. Vaguement hagard. Ailleurs.

– Nous abandonnons les recherches, annonce le gendarme, du moins les recherches intensives, telles que nous les menions jusqu'à maintenant. Après un enlèvement, si rien ne se produit au-delà de trois jours, les chances de retrouver...

Il s'interrompt. Ça suffit ! Bon Dieu, ça suffit, le gamin comprendra ! s'insurge mentalement le gendarme. Pourquoi le torturer ?

Pourtant, il poursuit.

– Nous pensons qu'Élise a été enlevée par une personne – sans doute une femme – en mal d'enfants. Cette hypothèse serait, si j'ose dire, la moins dramatique. Ou alors, et c'est aussi une possibilité, hélas...

– Je ne veux pas entendre cette seconde hypothèse, intervient le gamin.

– D'accord... D'accord...

Le capitaine quitte son fauteuil pivotant, contourne le bureau, vient se placer près du gamin. Il pose sa main gauche sur son épaule.

– Tu dois intégrer cette terrifiante idée : tu ne reverras sans doute jamais ta sœur Élise.

Le gamin empoigne la main posée sur son épaule et la jette comme s'il s'agissait d'un objet ou de quelque chose de répugnant touchant sa peau. Il se lève, envoie valdinguer sa chaise d'un coup de pied et hurle.

– Si ! Si ! Je retrouverai Élise ! Vous n'avez pas le droit de dire ça, espèce de salaud !

1 - ALICE

Mardi 8 juillet

Alice comptait les jours qui la séparaient de la rentrée au lycée. Cinquante-trois avant de rejoindre la vraie vie : les copines, les copains, sa classe de première au lycée Carnot à Dijon et le bonheur simple d'occupations régulières, rythmées de joies et de déceptions. Tout autre chose que ces vacances d'été, rythmées d'ennui, de la garde de son frère Gabin, âgé de huit ans, de la rapide préparation des repas (des salades… « J'en ai marre de bouffer des légumes », hurlait Gabin) et d'un petit nombre d'autres occupations pas vraiment excitantes. « Quelle chance inouïe tu as d'habiter au bord d'un lac, surtout en été, s'extasiaient ses amis, masculins ou féminins. Nous, pour profiter d'une plage, on doit se fader les parents et les parties de pétanque sur le sable. »

Alice, cet après-midi du mardi 8 juillet, appréciait justement « sa chance inouïe » depuis la cour devant sa maison.

Elle dominait un peu le lac, du côté sud. D'abord le lac, à son avis, n'était pas autre chose qu'un immense étang, même si un grand nombre de pancartes plantées un peu partout en vantaient les mérites.

Lac du Serpent Plages-Bar/Restaurant
Camping aménagé. Golf miniature
Attention : baignade non surveillée

Lac *du Serpent* retirait toute envie de se baigner, estimait Alice, en reconnaissant qu'on s'y baignait et que les serpents n'étaient que des couleuvres d'eau. Elle, en tout cas, se baignait rarement et l'absence de CRS musclé surveillant la plage n'y était pour rien ! Quant au Bar/Restaurant, on avait oublié de le construire. Le golf miniature avait disparu sous les herbes folles et les épineux depuis longtemps. Aucune installation sanitaire n'étant apparue dans le champ baptisé « camping municipal », le camping était redevenu un champ de roseaux. Alice avait dix-sept ans et durant ces dix-sept années, jamais elle n'avait vu la moindre baraque à frites prendre le relais du restaurant prévu. Au mieux, le week-end, période de la plus grande « affluence », un boulanger itinérant installait son camion dans un coin et proposait des sandwichs et des pâtisseries.

« Tant mieux ! exultaient ses parents. Moins il y aura de monde, plus on sera tranquilles. »

Tranquilles, ils l'étaient ! Mais ses parents partaient travailler tôt le matin, rentraient tard le soir et entre les deux, croisaient un grand nombre de personnes, alors qu'Alice, elle, ne voyait que Gabin et les rares voisins. Pas de quoi grimper aux rideaux.

– Gabin ? Gabin, tu es où ?

En plus, surveiller son frère était super pénible. Elle l'appelait toutes les dix minutes afin de vérifier sa présence à la maison. Que Gabin descende seul au bord du lac demeurait la hantise des parents.

– Mon Dieu, s'il tombait à l'eau et se noyait, s'affolait la mère d'Alice.

Avant de partir au travail, elle entrait dans la chambre de son fils, l'embrassait trois millions de fois, comme si elle ne devait jamais le revoir vivant.

– Maman, je dors ! pleurnichait Gabin.

– Maman, il sait nager comme un poisson, remarquait Alice.

C'est elle qui lui avait appris. À nager, à rouler à vélo, en patins à roulettes, à pêcher les grenouilles…

– Les grenouilles, tu aurais mieux fait de t'abstenir, râlait Noé, leur père.

Gabin avait lu dans le livre *Comment occuper les jours de pluie* (ou alors c'était une plaisanterie d'un de ses copains) que si on enfilait une paille dans le cul d'une grenouille et si on soufflait très fort, elle gonflait comme un ballon. Quelques grenouilles subsistaient encore dans les coins non fréquentés du lac du Serpent.

– Elle devient aussi grosse qu'un bœuf, s'enthousiasmait Gabin, et à l'école le maître nous a dit que La Fontaine enfant avait dû jouer à enfoncer une paille dans le cul des grenouilles parce qu'il a écrit une fable qui le raconte.

Bien entendu, il n'avait jamais réussi l'exploit, mais avait torturé un nombre impressionnant de grenouilles, avant de proposer leurs cadavres à leur chienne Odyssée qui préférait les croquettes au bœuf.

– Elle est vachement difficile comme chienne, commentait Gabin, en rejetant les dépouilles sèches des grenouilles dans le lac, « des fois que le dieu des poissons accomplisse un miracle ».

Gabin déboula dans la cour au dixième appel, alors qu'Alice s'apprêtait à fouiller la maison et les alentours, ainsi qu'elle le faisait si souvent, submergée d'une colère hargneuse jusqu'à ce qu'elle le déniche. Pourtant, elle avait beau répéter à ses parents « Que voulez-vous qu'il arrive dans ce coin paumé ? », son cœur se serrait d'angoisse dès que son frère s'éloignait hors de sa vue trop longtemps et ne répondait pas à ses appels.

– Qu'est-ce que tu foutais encore ? explosa Alice.

– Je joue avec Odyssée.

Alice soupira et leva les yeux au ciel. Un mensonge colossal. Odyssée dormait sous la terrasse, à cinq mètres d'eux. Gabin n'était pas à un mensonge près. Il les débitait sans éprouver la moindre gêne, se montrait capable de raconter des histoires à dormir debout sans baisser les yeux et si on lui faisait remarquer qu'il y avait quand même des limites, il mettait fin à la conversation en ronchonnant :

– Je sais mieux que toi.

Lui aussi s'ennuyait durant les étés si immobiles autour de ce lac semblable à une photo en noir et blanc sur un mauvais papier. Le frère d'Alice ne portait qu'un short et une casquette jaune récupérée sur le passage du Tour de France, l'année précédente. Il ne la retirait que pour dormir, mais pas toujours. Sa peau, très brune, ressemblait à une croûte de pain sortie du four. Alice pensa qu'elle devrait lui conseiller de s'enduire de crème solaire, puis elle se souvint qu'il n'y en avait plus. Le contenu du dernier tube s'était retrouvé deux jours auparavant dans les poils d'Odyssée.

– Elle est vachement plus souvent au soleil que moi, s'était défendu Gabin.

« Vachement » était sa dernière acquisition de vocabulaire, probablement récupérée auprès de Laura, leur voisine âgée de treize ans.

– Une grande blonde merdeuse, commentait la mère d'Alice.

Alice estimait que la description de Laura Dagret était correcte.

– Je veux savoir exactement où tu es et ce que tu fais, déclara Alice, en convoquant sur son visage toute la sévérité dont elle était capable. Quand je t'appelle, tu radines illico et pas trois heures après.

– Oui, maman, rigola Gabin.

– Ça va comme ça, le mariolle, moi je ne rigole pas.

Il examina sa sœur de haut en bas, comme s'il évaluait son poids, sa taille ou cherchait ce qui clochait.

– Pourquoi t'es toujours en jean et en T-shirt par cette chaleur et que tu ne te mets pas en maillot de bain, comme tout le monde ? T'as les jetons de montrer tes petits nichons ? Pourquoi t'en as presque pas ?

Alice éclata de rire.

– Bingo, frangin ! Il y a tellement de monde dans le coin, pire qu'au bord de la mer et c'est *vaaachemeeent* gênant que tous les beaux mecs qui traînent me voient le soutif vide.

Étirer le « vachement » et utiliser l'ironie ne servirent à rien. Gabin demeura imperturbable. Il insista :

– N'empêche que c'est pas normal que t'en aies à peine plus que moi pour une fille de ton âge.

– Je te vois venir. Tu aimerais que j'enfile un maillot pour t'emmener au lac.

– Bingo, frangine !

Il mit sa main en porte-voix autour de sa bouche et hurla :

– Ouais ! Ouais ! Ouais !

– T'excite pas, je n'ai pas dit oui.

– T'as pas dit non, c'est vachement bon signe.

– Tu veux qu'on aille pêcher des grenouilles du côté des roseaux ?

Gabin haussa les épaules.

– Je m'en fous des grenouilles ! C'était marrant quand j'étais petit. Je voudrais qu'on pique le canoë de Linlin et qu'on traverse le lac.

– Ne l'appelle pas Linlin, d'abord. Son nom est Jean-Alain.

– C'est nul comme nom. En plus, il est toc-toc et Linlin j'aime mieux.

– Et, poursuivit Alice sans corriger l'appréciation de son frère, tu sais très bien que maman et papa refusent que nous empruntions le canoë quand ils ne sont pas à la maison.

– Bon, ben alors salut, je retourne jouer avec Odyssée, elle est cent fois plus marrante que toi, dit Gabin, en décochant à sa sœur la plus somptueuse grimace de singe de son catalogue.

Il retraversa la cour au grand galop, disparut sans préciser ni où il allait ni ce qu'il ferait. Alice espéra qu'il s'installerait dans la fraîcheur du sous-sol de la maison et y poursuivrait la construction du *Nautilus*, son grand projet pour l'été. Un sous-marin en polystyrène avec lequel il traverserait le lac du Serpent en immersion totale. « Ça me paraît hasardeux, avait prévenu Noé. Le polystyrène flotte et un sous-marin est un projet super compliqué. »

« Je sais mieux que toi », avait clos le débat.

– Je t'adore, petit frère, murmura Alice en secouant la tête.

Ses cheveux, couleur café au lait, pourtant coupés court, se déployèrent, dégageant un visage volontaire et dévoilant l'éclat doré des yeux.

– T'as des yeux de chat, affirmait Gabin.

Elle porta les mains à sa poitrine, caressa ses seins et même les palpa aussi énergiquement que s'ils étaient des oranges dont elle constatait la fermeté. Elle admit l'exactitude du jugement de son frère. « Des petits nichons. » Les avis de Gabin n'étaient pas tous négatifs. Il disait souvent : « T'es pas trop moche, comme sœur, même si t'es pas aussi belle que Laura. »

Avant de reprendre la routine de ses occupations habituelles – la lecture d'un roman, une balade sur Internet, écouter des musiques –, Alice s'assura qu'aucune tentation ne se profilait sur la route qui passait en contrebas de la terrasse. Une voiture égarée, des baigneurs qui cherchaient la plage, un pêcheur... N'importe qui faisait l'affaire, même si l'idéal restait le promeneur peu avare de son temps, donc prêt à engager la conversation. Une seule route accédait au lac du Serpent. Elle en faisait le tour. En revanche, un grand nombre de sentiers ou d'esquisses de sentiers se frayaient un passage entre les arbres, les roseaux et aussi les quelques champs de maïs qui subsistaient et s'avançaient presque jusqu'à l'eau.

« Les promeneurs ne respectent rien et surtout pas la nature ! » s'emportait le père d'Alice, quand depuis la maison il voyait un VTT slalomer à travers la végétation ou « des sacs à dos » (son expression hérissée de mépris pour désigner les promeneurs) pénétrer les bruyères ou les roseaux comme s'ils n'avaient pas le temps de contourner les obstacles.

Trois jours plus tôt, Alice s'était heurtée à un mirage alors qu'elle descendait se baigner. Un beau jeune homme, aussi roux de peau et de cheveux que commençaient à l'être les barbes des épis de maïs. « Vous pourriez me renseigner, mademoiselle ? »

Un bermuda violet, le torse nu bronzé et baraqué, des pataugas poussiéreux aux pieds et un sac à dos aussi colossal que si le promeneur participait à un trekking au Népal.

Alice *pouvait*, mille fois oui, surtout si l'apparition quasi divine sur ce chemin de terre égaré entre des buissons touffus lui demandait comment se rendre à la plage. Elle portait un maillot deux-pièces noir, de quoi attirer l'attention de n'importe quel mec, quoi qu'en pense Gabin. Pourtant, le mirage s'avéra bel et bien en être un.

« Je vais à Sponge. À la gare. J'ai un train pour Paris dans moins de deux heures. J'ai coupé à travers champs pour gagner du temps mais je me suis paumé. »

Sponge, la ville proche, se trouvait à six kilomètres du lac du Serpent. Le promeneur allait avoir besoin de ses jambes s'il ne voulait pas rater son train. Alice avait eu la tentation de lui indiquer une mauvaise direction, mais c'était une méchanceté inutile. Paris, de toute façon, était à l'autre bout du monde et les mirages finissaient toujours, à un moment ou un autre, par révéler leur désastreuse tromperie.

Le regard d'Alice suivit la route jusqu'à la maison de Laura Dagret, « la grande blonde merdeuse » qui impressionnait tant Gabin. La fille n'était pas dehors, ni dans la cour ni dans le jardin. « À la plage, comme d'habitude », pensa Alice. La troisième maison – la dernière construite autour du lac – était celle de Jean-Alain Quitani. Linlin, pour tous ceux qui le connaissaient, sous prétexte qu'il était « toc-toc » selon l'appréciation non seulement de Gabin mais de qui l'approchait. Vers dix-huit heures, Alice irait lui lire les pages d'un roman. C'était leur rendez-vous presque journalier, durant les vacances d'été. Jean-Alain n'était pas dehors non plus. Ni ses parents. Tous les deux avaient abandonné leur ancien métier d'interprètes au Parlement européen de Strasbourg, afin de s'occuper à temps plein de leur fils unique. « Je me demande de quoi ils vivent maintenant ? s'interrogeaient les parents d'Alice. Traducteurs de livres, ce n'est pas un métier qui nourrit son homme et pourtant, ils semblent ne pas manquer d'argent. »

La maison Quitani, baptisée « château Quitani » par la rumeur régionale, était la plus éloignée. Alice la voyait mal, mais assez pour être convaincue que personne n'était à l'extérieur. Quand elle voulait être certaine, elle utilisait les jumelles de son père. À force de fouiller (« Tu manques pas de toupet ! » s'insurgeait Lucie), elle repérait Jean-Alain quelque part dans le parc autour de la maison, ou même dans sa chambre car le grossissement impressionnant des jumelles donnait l'impression d'anéantir les distances et de traverser les murs. En tout cas, les fenêtres ouvertes.

L'indiscrétion d'Alice révélait parfois Jean-Alain près du lac, planqué derrière des roseaux ou des buissons. Il lorgnait les filles en maillot de bain sur la plage.

– Linlin, il mate les filles à poil, exultait Gabin. Il te mate, toi, des fois ?

– Triple crétin, elles ne sont pas nues ! s'énervait Alice. Le pauvre… Si tu étais à sa place… Tu peux faire le malin, mais…

La défense de Jean-Alain s'arrêtait là. Il fallait bien admettre que le garçon exagérait et que sa façon de regarder les filles n'était pas des plus rassurantes.

Alice décida de se réfugier à l'intérieur de la maison puisque aucune perspective de distraction ne se profilait au-dehors. Le soleil était comme un sèche-cheveux. Puisqu'elle n'irait pas à la plage, autant profiter de l'ombre et de la fraîcheur relative qu'emmagasinaient les murs épais de grès rose durant les nuits. En outre, elle relirait le premier chapitre du roman *La Vie devant soi* qu'elle lirait ce soir à Jean-Alain. Elle détestait buter sur les mots, durant ces séances, particulièrement quand Mme Quitani écoutait. La première fois, elle avait applaudi. « Superbe, ma chérie ! Je comprends pourquoi Jean-Alain tient tant à tes lectures. Son père et moi, à côté, ouille, ouille, on ne tient pas la comparaison. Quelle comédienne tu es. Tu devrais penser à faire du théâtre. »

Zoé Quitani appelait Alice « ma chérie » et son fils « mon chéri », si bien qu'Alice se sentait chez elle dès qu'elle franchissait la porte du salon aux murs bleus où elle exerçait le plus souvent ses talents de comédienne.

Penser à Jean-Alain l'attristait. Pourquoi ce Dieu, auquel croyaient Zoé et Richard Quitani, avait-il mis au monde un être aussi de traviole que Jean-Alain, sinon par méchanceté ou pour s'amuser des efforts surhumains qu'accomplissaient ses parents afin de le rendre le plus heureux possible ?

– Tu crois que lire *La Vie devant soi* à Jean-Alain sera une bonne idée ? avait demandé la mère d'Alice, en haussant ses fins sourcils très noirs si haut qu'ils donnaient une réponse sans appel : « Ce serait une mauvaise idée. »

– Oui, avait répliqué Alice, d'une voix déterminée. Momo ressemble à Jean-Alain.

– Justement.

– Et il aimera madame Rosa. Tous les lecteurs aiment Momo et madame Rosa. Quand on lit, on voudrait qu'ils... qu'ils existent vraiment, on voudrait qu'ils habitent la maison d'à côté, on... on voudrait tellement aider Momo, l'entendre rire, qu'il...

Gabin connaissait les emballements de lecture de sa sœur et il s'était interposé avant qu'elle ne raconte le bouquin.

– Qui c'est Momo ? Un toc-toc comme Linlin ?

– Je t'interdis d'utiliser ce surnom idiot ! s'était fâchée leur mère, en brandissant un index menaçant vers son fils.

– Bon, d'ac, je dirai plus Linlin, avait concédé Gabin en filant dans sa chambre. Du haut de l'escalier, il avait hurlé :

– Alice, pourquoi tu me lis jamais d'histoires à moi, comme à Linlin ? T'es vachement pas sympa !

Le débat au sujet du choix de *La Vie devant soi* en était resté là. Alice n'avait pas envie d'expliquer que le roman d'Émile Ajar l'avait fait rire pour aussitôt la faire pleurer, presque page après page. Elle était certaine que Jean-Alain ressentirait la même chose. Elle l'avait vu plusieurs fois rire aux éclats puis fondre en larmes, sans autre raison que celle qu'il donnait en se frappant la poitrine et bredouillant des « moi... moi... moi... moi... » émouvants.

Elle traversa la cour. Les gravillons crissaient sous ses pas. Elle eut le temps d'apercevoir une voiture qui arrivait, au loin, et une autre, de l'autre côté du lac du Serpent, qui s'en allait. Elle entra dans la maison, cria :

– Gabin, je rentre ! Il y a trop de soleil maintenant et je t'interdis de sortir avant cinq heures !

Elle ne dirait pas à son frère qu'elle détestait qu'il soit seul à l'extérieur, hors de sa vue. Si près de la route où ne passaient que de rares véhicules. Un seul suffisait. Par exemple, la voiture qui approchait pouvait s'arrêter et emporter Gabin en moins de deux minutes.

Vers dix-sept heures, Alice quitta sa chambre et ressortit devant la maison. Le soleil avait si peu baissé à l'horizon que sa chaleur demeurait intacte. On aurait dit qu'il s'acharnait sur la région, cherchant à caraméliser le sol déjà très sec, ou peut-être à évaporer jusqu'à la dernière goutte l'eau du lac du Serpent.

La fin de l'après-midi s'annonçait plus agréable, d'abord parce que Gabin, autorisé à regarder Télétoon, se collerait devant la télévision à s'en brûler les yeux, le pouce dans la bouche, et n'en décollerait que lorsque Alice décréterait « terminé pour aujourd'hui » et éteindrait le poste. En outre, les parents rentraient assez tôt du travail le mardi. Elle pourrait donc s'éclipser hors de la maison et pas seulement le temps d'une lecture de *La Vie devant soi* à Jean-Alain.

Elle avait pris les jumelles. Pour voir Laura sur la balançoire, elles n'étaient pas nécessaires. Pourtant, Alice plaqua les œilletons contre ses yeux. Elle était en colère. Si Laura grimpait sur la balançoire, alors qu'à treize ans, elle ne jouait plus depuis longtemps à des jeux d'enfants, c'est qu'elle espérait que Jean-Alain traînait dans les parages. En entendant le couinement des cordes autour des axes métalliques, il se précipiterait. Ça se passait toujours ainsi.

La maison de « la grande blonde merdeuse » était si proche qu'Alice, avec les jumelles, eut l'impression que la balançoire allait la percuter.

– Sale conne ! gronda Alice.

Laura portait une robe. Évidemment. Un tissu léger, d'un jaune bouton-d'or, accordé au blond de ses magnifiques cheveux longs, libres, qui s'envolaient en même temps que la robe et flottaient autour de sa tête. À chaque montée de la balançoire, la robe se déployait en large corolle, dévoilant brièvement la culotte blanche de Laura Dagret. « La grande blonde merdeuse » savait ce qu'elle faisait !

– Connasse, tu as vu trop de films à la télévision ! gronda encore Alice, puis elle grimaça.

Laura ignorait jusqu'à l'existence de Marilyn Monroe, donc elle ne s'inspirait en aucun cas de la célèbre séquence de l'actrice en robe blanche au-dessus de la bouche de métro soufflant son air chaud et montrant ainsi ses jambes au monde entier. Elle excitait exprès Jean-Alain. Il était fou d'elle. Fou des filles en général, mais davantage encore de la blondeur de Laura.

Qui s'en était vite aperçue.

Et en profitait.

Elle faisait tourner le garçon en bourrique, utilisant les instants où sa mère ne pouvait pas la surprendre. C'était le cas au début de l'été. Irène Dagret passait ses journées à dépiauter des cerises, éplucher des haricots verts, découper des courgettes ou des carottes, bref à préparer les légumes et les fruits de son jardin afin de les mettre en conserves. La famille Dagret ne parvenait jamais à ingurgiter tout ça et, du coup, Irène les distribuait aux voisins, avouant crûment : « Aidez-nous, sinon les conserves finiront à la poubelle. Je dois récupérer les bocaux vides pour les conserves de l'année prochaine. »

(« Beurk, j'en ai marre de ces légumes pourris », se lamentait Gabin, à chaque livraison de la voisine.)

La balançoire pendait à l'arrière de la maison, près de la haie de troènes qui séparait la propriété des Dagret de celle des Quitani. Le château Quitani – trois étages, une quinzaine de pièces – s'érigeait au milieu d'un vaste espace que tout le monde appelait parc. Les jumelles d'Alice pivotèrent avec la lenteur d'un périscope de sous-marin et vinrent fouiller la haie. Rien ne bougeait. Aucune trace de Jean-Alain.

– Bien fait ! triompha Alice.

Laura mit du temps à se rendre compte qu'elle exhibait ses cuisses et sa culotte en pure perte.

« Le corps d'une jeune fille de dix-huit ans plutôt que celui d'une gamine de treize, constatait Irène Dagret, d'un ton désolé. Mon Dieu, pourquoi elle pousse comme ça ? »

Gabin, lui, faisait d'autres commentaires : « Laura est vachement mieux foutue que ma sœur. »

Le plus navrant était que les parents d'Alice, au lieu de le gifler, avaient éclaté de rire.

– Linlin ! hurla Laura. T'es où, Linlin ? Linlin ?

Alice entendait très distinctement les appels. Ils étaient braillés si forts, si dénués de retenue, que l'écho les emportait et sans doute ricochaient-ils sur l'eau du lac du Serpent !

La haie de troènes se mit à frémir. Jean-Alain répondait aux cris de Laura. Alice retira les jumelles de ses yeux. Elle avait plus envie de pleurer que de regarder l'exhibition de « la grande blonde merdeuse ».

Alice hésita. Rentrer ? Se passer un DVD ? Téléphoner à une copine ? Ou alors descendre jusqu'à la plage puisque Gabin était scotché à Télétoon ? Voir qui y serait. Peut-être que parmi les baigneurs elle repérerait une nouvelle tête ?

« Un super beau mec », pensa Alice. Comme le prince charmant dans les contes de son enfance, il surgirait du néant, la sortirait du bourbier que devenait l'été au bord du lac du Serpent.

– Ben voyons ! dit Alice à voix haute.

Pourtant elle prit cette décision-là, elle enfilerait le beau maillot deux-pièces noir, le cadeau d'anniversaire de ses dix-sept ans, et irait faire un tour à la plage. Son choix la fit aussitôt rosir de confusion. Elle savait très bien pourquoi elle allait se comporter d'une façon aussi ridicule. Le mirage. Après avoir parcouru une vingtaine de mètres, le mirage à pataugas s'était retourné et avait crié : « Je reviendrai me baigner ici au mois d'août ! Je m'appelle Alix ! »

Alice, mécontente, haussa les épaules. Aucun mirage ne se reproduisait au même endroit. La caractéristique essentielle d'un mirage était le mensonge.

– M'en fiche, marmonna Alice, je le fais quand même.

Elle s'apprêtait à entrer à l'intérieur de la maison quand elle vit la voiture de la gendarmerie prendre le virage, à environ trois cents mètres de chez elle. Elle avançait à petite vitesse sur la route. Dans deux minutes, elle franchirait le portail de la cour. L'arrivée des gendarmes était le signe que le destin venait au secours d'Alice en l'empêchant de réaliser son projet idiot : aller fureter sur la plage en maillot de bain en espérant que la citrouille se change en carrosse ! Elle savait depuis longtemps qu'aucune baguette magique ne transformerait le lac du Serpent. Les gendarmes réalisaient une de leurs rondes habituelles. La Peugeot bleue transportait deux hommes, souvent les mêmes. En tout cas, le plus jeune, qui s'appelait Noureddine Hallack, était toujours présent. Elle ne connaissait que le prénom de son supérieur hiérarchique, le gendarme qui l'accompagnait deux fois sur trois. Al. Une ronde par jour, autour du lac. Parfois deux.

– On ne surveille jamais trop les endroits retirés comme celui-ci, avait déclaré l'adjudant-chef, quand le duo s'était présenté la première fois, six mois auparavant, aux parents d'Alice. Je dirige la brigade de Sponge depuis une semaine, une brigade complètement renouvelée, et je compte bien en renouveler aussi les méthodes de travail, trop routinières et endormies à mon goût. Voici un de mes hommes, Noureddine Hallack, mais tout le monde l'appelle Nour. J'intensifierai les rondes afin d'assurer la sécurité des populations. Je solliciterai d'ailleurs la collaboration des citoyens qui voudront aider la brigade. Je pense accroître particulièrement la surveillance des endroits... heu...

– Paumés comme le nôtre ? avait conclu le père d'Alice. Vous visitez les derniers survivants d'une réserve d'Indiens ?

L'adjudant avait ri. Dit :

– Ne vous plaignez pas ! Vous en connaissez beaucoup, vous, des personnes qui seraient désolées d'habiter une belle maison comme la vôtre, au bord d'un plan d'eau ?

La voiture de ronde franchit le portail au ralenti et roula jusqu'au fond de la cour. Alice avança jusqu'à la Peugeot.

Elle était contente d'avoir à parler à quelqu'un d'autre qu'à Gabin ou Odyssée. Les gendarmes quittaient rarement leur véhicule de service. Ils baissaient les vitres et ne coupaient même pas le moteur.

– Bonjour, Alice. Tu vas bien ?

C'était Nour qui conduisait et parlait. Et la regardait sans dissimuler son intérêt. Le gendarme n'était pas moche, estimait Alice, loin de là, surtout en été vêtu d'un potable polo bleu au col ouvert, qui épousait un torse intéressant. Dans sa tenue d'hiver, il ressemblait à un Playmobil. Pas moche, certes, mais trop vieux. Vingt ans. Il l'avait annoncé lui-même lors de sa première ronde. Beaucoup plus jeune que l'adjudant, mais vieux quand même, et de toute façon que pouvait-elle espérer d'un gendarme de Sponge ? Il ne serait sûrement pas le prince charmant muni d'une baguette magique, l'enlevant afin de la conduire dans son château romantique de cent pièces peuplé de cinquante serviteurs.

– Ça va, dit Alice. Vous êtes déjà venus ce matin. Je vous ai vus depuis la fenêtre de ma chambre.

Nour Hallack sourit et lorgna l'adjudant.

– Le chef ordonne qu'en été on mette les bouchées doubles. Je crois qu'Al tourne en rond dans son bureau. Ici, il y a le soleil, le lac…

Le sourire du gendarme s'élargit.

– Il y a aussi des filles en maillot de bain quand la chance nous accompagne. Pas l'impression qu'aujourd'hui sera un bon jour.

Son regard opéra un aller-retour de la tête aux pieds d'Alice. Elle éclata de rire. Elle appréciait le langage direct qu'utilisait toujours ce duo de gendarmes. Ils avaient pris des habitudes, ensemble, au fil des nombreuses rencontres.

– Si mes parents vous entendaient, plaisanta Alice, je ne sais pas ce qu'ils en penseraient. Pas du bien, je crois.

L'adjudant se taisait et fumait. La voiture puait le tabac, mais Alice se garda bien de le dire.

– Tu ne te mets jamais en maillot de bain, toi ? fit Nour, d'une voix innocente, comme si ce qu'il demandait n'avait pas davantage d'importance qu'une remarque sur le temps.

– Si, répliqua Alice. Je le fais chaque fois que je suis certaine qu'aucune voiture de gendarmerie ne viendra rôder autour du lac du Serpent.

Son humour n'amusa aucun des deux gendarmes.

– Bon, Al, on continue la ronde ? demanda Noureddine Hallack, en inclinant un peu la tête vers son supérieur qui n'avait toujours pas prononcé un mot, se contentant de téter sa cigarette.

L'adjudant-chef était costaud, presque trop selon les normes masculines d'Alice. Ses cheveux, d'un châtain fadasse autant qu'on puisse en juger, étaient coupés très court, presque rasés, comme ceux d'un militaire obligé de porter un casque de combat. En revanche, les cheveux noirs de Nour bouclaient sur la nuque et les tempes d'une façon peu orthodoxe et probablement non réglementaire chez un gendarme. Al lança son mégot de cigarette par la fenêtre ouverte de la voiture. Il bougonna « Oui, on ne va pas tarder », puis se pencha de façon à ce qu'Alice le voie mieux.

– Tu n'as rien repéré d'anormal dans le coin, jeune fille ? Pas d'inconnus qui vont et viennent ? Pas de jeunes types qui viendraient fourguer leur saloperie de drogue sur la plage ? En ce moment on a pas mal de soucis avec l'herbe.

– Si, dit Alice, j'ai croisé un tas de types de la mafia armés de kalachnikovs et aussi un car de terroristes qui…

Elle s'interrompit, soupira. Termina sa phrase d'une voix essoufflée, comme si l'air lui manquait :

– J'aimerais parfois que ça arrive.

Nour frappa le volant du plat de la main droite.

– Elle est marrante, Al, hein ?

– Si on veut, marmonna l'adjudant.

Il reprit sa place contre la portière côté passager, choisit une cigarette dans le paquet posé sur le tableau de bord et dit :

– Ne rêve pas à des choses pareilles, Alice, et même, ne plaisante pas avec ça. Crois-moi, ce genre d'histoires n'est excitant que dans les romans que tu lis. La réalité est sinistre. Tu as toujours le numéro de téléphone que je t'ai donné en cas de souci majeur ?

Alice inclina la tête. Noureddine Hallack désigna les jumelles pendues à son cou.

– Des Zeiss ? Un truc de pro, ça ! Toi aussi tu mates les gens, comme Linlin ?

Alice pâlit.

– N'importe quoi ! Qui je pourrais bien mater, comme vous dites ? J'observe les oiseaux : des hérons, des faucons pèlerins, des tiercelets. Évidemment, ces noms ne disent pas grand-chose à un gendarme !

– Ne t'énerve pas, Alice, temporisa Hallack. C'était une plaisanterie, pas davantage.

Il toussota, tendit le menton, désignant on ne sait quoi situé devant lui.

– Et Linlin, il est toujours aussi maboul à espionner les baigneurs en se cachant dans les roseaux ?

– Il s'appelle Jean-Alain, corrigea Alice. Puis, comme elle voulait atténuer la sécheresse de sa remarque, elle ajouta : Il surveille les baigneuses, pas les baigneurs.

Nour Hallack rit.

– On termine la ronde maintenant, marmonna l'adjudant. Tu feras le joli cœur avec Alice quand tu auras un congé.

Le sourire d'Hallack se dissipa. Il rougit. Alice aussi.

– Au revoir, Alice, à demain peut-être, dit Nour. Al est de mauvais poil aujourd'hui.

Les roues de la Peugeot crissèrent sur les gravillons de la cour. Alice la suivit des yeux jusqu'à ce qu'elle franchisse le portail. Une trop courte halte.

– La barbe ! murmura Alice.

Elle reporta son regard sur la maison voisine. Laura n'était plus sur la balançoire. Alice riva ses yeux aux œilletons des jumelles. Pas de Jean-Alain en vue.

Quel traquenard « la grande blonde merdeuse » avait-elle tendu une nouvelle fois à Linlin ?

2 - LINLIN

Samedi 12 juillet

– Tu fais quoi en ce moment, mon chéri ? appela Zoé Quitani, la mère de Jean-Alain, depuis la fenêtre du bureau où elle travaillait avec son mari Richard.

– Lâchons-lui un peu la grappe, marmonna Richard Quitani, sans lever la tête de son écran d'ordinateur. Nous sommes en été, il y a du soleil, essayons d'être zen.

Il donnait ce conseil avec un peu d'agacement dû à la difficulté de leur travail. Depuis des heures, son épouse et lui s'empêtraient dans la traduction de plusieurs notices d'appareils ménagers. Le chinois devenant du français, ou l'inverse, posaient de sérieux problèmes quand il s'agissait de termes techniques. Ils traduisaient tout. Des romans, des documentaires, des notices, des contrats, des documents officiels d'entreprises françaises installées en Chine et même les innombrables discours que prononçaient les diverses autorités chinoises en contact avec des personnalités françaises. Leur ancien travail au Parlement de Strasbourg leur avait livré un formidable carnet d'adresses dont ils profitaient à plein.

Richard était au fond de lui beaucoup moins zen qu'il le proclamait. Se montrer détendu durant plus de trois heures lorsque Jean-Alain était hors de leur vue exigeait de gros efforts. Pourtant, leur couple s'y efforçait, jour après jour.

– Tu as raison, admit Zoé Quitani. Jean-Alain aime tellement l'été. Qu'il en profite.

Elle se pencha néanmoins par la fenêtre, tentant d'apercevoir leur fils. La propriété était vaste et, donc, les endroits où se cacher nombreux. Elle lança un bref coup d'œil à son mari vissé à sa partie de bureau, qu'il occupait en face de la place réservée à sa femme. Après un rictus de chien surpris en train de voler une nourriture, elle héla encore son fils en dépit de ses bonnes résolutions :

– Tu fais quoi, mon chéri ? Où es-tu ?

L'appel fut suivi d'un silence prolongé. Ils écoutaient. Puis le mari le brisa en feignant une colère qui les tirerait d'embarras.

– Oh Zoé ! Comment veux-tu que je me sorte de ce charabia de mandarin bordélique censé expliquer le fonctionnement d'un appareil de mauvaise qualité de toute façon ?

Son épouse murmura « Excuse-moi », mais demeura près de la fenêtre. Elle semblait attendre quelque chose. Richard savait quoi. En dépit de ses ruses, il tendait l'oreille lui aussi. Leur patience fut récompensée. Ils entendirent le signal. C'était une rafale de claquements métalliques baptisés par la famille Quitani « coassements de la grenouille de Jean-Alain ». Leur fils utilisait un petit objet de métal formé d'une coque reproduisant vaguement le corps d'une grenouille, sous laquelle était fixée une languette de fer souple. Quand on pressait la lame, la grenouille de métal émettait un bruit rauque censé être celui de l'animal. Jean-Alain avait découvert l'objet en regardant le film *Le Jour le plus long* qui raconte le débarquement du 6 juin 1944. Les soldats américains utilisaient leur grenouille la nuit en guise de signe de reconnaissance. Lorsqu'ils progressaient dans le noir, de haie en haie, deux ou trois appels du batracien évitaient d'ouvrir le feu sur un soldat ami.

– Veux ! Veux ! avait hurlé Jean-Alain, après avoir repassé dix fois la séquence du film.

– Mais mon chéri, comment veux-tu... avait commenté sa mère, prise d'un début de rire nerveux.

– Veux ! Veux !

– Sois raisonnable, mon fils, avait essayé son père, persuadé pourtant que la partie était perdue.

Il se demandait comment il parviendrait à dénicher un truc aussi idiot.

– Tu te rends compte que nous ne sommes pas en 1944, Jean-Alain ? Les enfants de 1944 jouaient avec ce truc idiot, mais nous sommes en 2010.

– Veux ! Veux ! Veux ! Veux !

– Bon, d'accord, avait capitulé Zoé, au trentième « veux ! », sinon la famille n'aurait jamais pu voir la fin du *Jour le plus long*.

Les Chinois avaient fait preuve une nouvelle fois de leurs compétences industrielles. Non seulement ils fabriquaient ce truc idiot mais ils l'exportaient. À condition que la commande ne soit pas inférieure à dix mille exemplaires et c'est pourquoi autant de milliers de grenouilles dormaient dans des caisses au sous-sol du château Quitani. Jean-Alain n'avait plus que l'embarras du choix quand il voulait signaler sa présence à la façon des soldats américains dans le bocage normand.

Et c'est ce qui venait de se produire.

– D'accord, mon chéri, reçu cinq sur cinq ! cria Zoé Quitani. Tu es près des garages, dans le jardin, sous la terrasse ? Où exactement ?

– Jardin ! Jardin ! répondit la voix excitée de Jean-Alain.

Cette présence proche permit à sa mère de reprendre son travail de traductrice.

Jean-Alain ne s'ennuyait pas. Il ne s'ennuyait jamais, particulièrement en été. Les longues journées pleines de soleil dévoilaient peu à peu leurs nombreuses promesses. Ce samedi 12 juillet, justement, s'annonçait très excitant. Le corps entier de Linlin en vibrait d'une attente fébrile. Il aimait qu'on l'appelle Linlin. Enfin, pas tout le monde. Jean-Alain, c'était énervant. Le prénom, trop long, n'en finissait pas. Les enfants rigolaient en l'entendant. Linlin ne comprenait pas pourquoi.

– Des imbéciles ! expliquait Zoé.

Oui, mais pourquoi seuls les imbéciles riaient de son prénom alors que les personnes intelligentes semblaient tristes quand ses parents annonçaient : « Jean-Alain, notre fils chéri. »

« Jean-Alain Quitani », marmonnait le Dr Levallois, en hochant la tête et tapotant son carnet d'ordonnances du bout de son stylo. Il ajoutait invariablement, lors de chacune des visites mensuelles, « ouais, ouais, ouais », comme s'il se demandait ce que Jean-Alain Quitani faisait là, en slip, devant lui.

Linlin aimait encore plus son surnom depuis qu'Alice lui lisait *La Vie devant soi*. Un livre marrant. Momo, le garçon du bouquin, était rigolo.

Des fois.

Momo, Linlin, ça collait bien. Alice lisait vingt pages chaque jour, pas davantage, même s'il trépignait en criant : « Encore, encore ! » Le plus marrant était qu'ils rigolaient tous les deux aux mêmes pages et chialaient tous les deux aux mêmes pages et en plus Zoé et Richard n'assistaient pas à la lecture. Ils préféraient le chinois de leur bureau et c'était meilleur de rire et de pleurer avec Alice. Elle le prenait dans ses bras, le serrait contre elle et elle pleurait en disant : « Pleure pas, Jean-Alain. » Une fois, elle avait dit « Pleure pas, Momo » et alors il avait fait comprendre à Alice qu'il préférait qu'elle l'appelle Linlin, comme presque tout le monde et comme Momo dans le roman qui préférait qu'on l'appelle Momo plutôt que Mohammed.

– Non, pas question ! Je déteste ce surnom de Linlin !

Elle semblait furieuse en disant ça, surtout en prononçant Linlin. On aurait dit une chatte soufflant sa colère. Il avait eu peur qu'elle ne revienne pas mais en réalité elle jouait la comédie puisque la veille, avant de repartir chez elle, elle l'avait une nouvelle fois serré dans ses bras. Fort. La tête d'Alice était contre la sienne. Ses lèvres touchaient son oreille droite, le lobe, là où la peau était la plus douce et la plus chatouilleuse.

– Demain après-midi, Jean-Alain, je t'offrirai un cadeau. Tu devras me jurer sur la tête de tes parents de n'en parler à personne. Si tu ne respectes pas ton serment, je ne t'adresserai plus la parole de toute ma vie et tu ne me verras plus jamais.

Il avait juré. Avant de recevoir le cadeau et il le ferait encore après l'avoir reçu et chaque jour si Alice l'exigeait.

– Jure ! Jure ! Jure !...

– Bon, bon, d'accord, ça va, ça va, Jean-Alain. Mais qu'est-ce que tu pues. Franchement tu pousses. Je n'aime pas du tout.

Elle était partie et Linlin était resté malheureux comme une pierre en pensant qu'il avait déversé en pure perte une grande partie du flacon de parfum « Pure Poison » de Dior de sa mère sur ses cheveux shampouinés deux fois. Le résultat se solderait par une engueulade colossale de Zoé. « Non, mais tu te rends compte de ce que coûte ce parfum, Jean-Alain ? »

Il le savait et c'était justement la raison de son choix, mais est-ce qu'Alice connaissait le prix de « Pure Poison » de Dior ? Sans doute pas.

En attendant le mystérieux cadeau du soir, Linlin s'activait dans le jardin. Il songeait aux multiples possibilités de la journée. Laura, sa voisine, effectuant des loopings sur la balançoire. La plage qui provoquait tant d'excitants soubresauts cardiaques quand il faisait beau et chaud. C'était le cas aujourd'hui. Le temps idéal pour que fleurissent les filles autour du lac du Serpent. Il y aurait aussi le canoë. Ou aider Gabin à construire son sous-marin. Le petit garçon était plutôt nul côté bricolage et semblait ne pas bien connaître les caractéristiques d'un bateau submersible. Et surtout, Linlin caresserait la chienne Odyssée aussi longtemps qu'il en aurait envie. Le jour où les voisins étaient revenus du refuge de la SPA, Alice tenant Odyssée comme si elle portait un bébé, Jean-Alain avait prévenu ses parents.

– Chien, veux ! Chien, veux !

– Ah ça, non ! avait rétorqué sa mère, tenant sa fourchette comme si elle brandissait un harpon de pêcheur.

Trépigner, arracher ses habits, débiter un nombre étouffant de « chien, veux » n'avait servi à rien.

– Je te rappelle que tu as tondu au sang Mao, à l'aide d'une paire de ciseaux rouillés. Il en est mort. Les animaux ne sont pas des jouets.

Son père lui avait donné ces explications et beaucoup d'autres, en caressant et démêlant les boucles de sa tête, comme s'il était justement un chien, preuve que lui aussi crevait d'envie d'en avoir un. D'ailleurs, Linlin ne se souvenait pas de cette histoire. Pas de Mao non plus.

Son travail au jardin, alors que ce samedi appétissant ne faisait que commencer, lui fit oublier Mao, un chien qui n'avait sans doute existé que dans l'imagination de ses parents délivrant une accusation stupide afin de refuser une visite au refuge de la SPA. L'occupation de la matinée, avant la plage et le canoë, était d'une urgence absolue. Peut-être avait-il du vent dans la tête, ainsi que le disait le Dr Levallois à ses parents, en exhibant son sourire de poisson décongelé, mais qui se rendait compte du désastre qui se préparait dans le jardin ? Sûrement pas Zoé et Richard, noyés dans le chinois, au point de s'exprimer entre eux en mandarin. Linlin commençait à en avoir plus qu'assez de manger des nouilles et du canard laqué avec des baguettes. « Tu vois comme c'est facile, mon chéri, déclarait sa mère, prise de fou rire dès qu'elle parvenait à saisir une des nourritures bizarres qui dérapaient dans son assiette. Si on veut réussir notre voyage à Pékin, en septembre, il faut s'entraîner. »

Ses parents étaient d'ailleurs responsables du travail bâclé dans le jardin. « On plante les graines bien en terre, mon chéri », avait expliqué Zoé le printemps précédent.

Elle avait décidé d'apprendre le jardinage à son fils. « Les légumes doivent toujours être bien en terre si on veut qu'ils poussent. C'est le b.a.ba du jardinage, mon chéri.

Tout ce qui est bien en terre pousse admirablement et un beau matin tu aperçois la tête de la carotte qui pointe son nez. Un miracle de la nature dont on ne se lasse jamais, tu verras. »

Ce même printemps, Héloïse, la mamie de Linlin, était morte dans un accident d'auto. Du vent dans la tête ou pas, il voyait bien, chaque fois qu'il accompagnait sa mère au cimetière de Sponge, que sa mamie, pourtant bien en terre, ne repoussait pas. Aucun miracle de la nature ne l'autorisait à pointer son nez hors du trou infect dans lequel on avait couché Héloïse Quitani. N'importe quel crétin comprenait que la quantité ahurissante de terre jetée dans le trou étouffait définitivement sa mamie.

Pour être certain que son raisonnement était le bon, Jean-Alain avait interrogé sa mère pendant qu'elle parlait toute seule devant le tertre, avant qu'un artisan ne vienne installer une plaque de marbre effrayante, munie d'une inscription dorée encore plus effrayante.

– Mamie pousse ? avait demandé Linlin, ses grands yeux bruns ouverts au large, autant que le permettait ses sourcils touffus.

Il montrait la terre, d'un index impatient. Il n'en sortait que des fleurs multicolores, la plupart en plastique.

– Mon chéri, prie avec moi pour mamie Héloïse.

Sa mère noyait le poisson. Elle écoutait tous les samedis matin les conseils du jardinier de France Inter et elle refusait d'admettre que le type était un escroc. La renommée du jardinier ne suffisait pas à faire repousser sa mamie. Linlin avait insisté jusqu'à ce que sa mère comprenne enfin où il voulait en venir.

– Oh, mon chéri !

Elle s'était mise à pleurer et lui aussi, évidemment, puisque les larmes de sa mère devenaient un aveu : tout ce qui était bien en terre non seulement ne poussait pas mais mourait encore plus. Il pouvait dire adieu à mamie Héloïse pour toujours.

Les légumes ne poussaient pas davantage que mamie Héloïse. On les étouffait. Les légumes poussaient dans des boîtes de conserve ou sous le plastique des serres. Voilà pourquoi Jean-Alain les déterrait avec soin et opiniâtreté. Ce serait impossible de vider la totalité du jardin en une seule matinée.

Linlin, à genoux, se releva en gémissant autant qu'un vieux jardinier épuisé. Ses jambes étaient couvertes de terre et éraflées. Un peu de sang suintait. Il le récupéra du bout d'un doigt qu'il lécha. Le short et le T-shirt étaient sales. Linlin estima que le T-shirt ne s'imposait pas, du fait de la chaleur. Il le retira, en fit une boule qu'il lança le plus loin possible. Il en avait assez de déterrer des salades ou des carottes. Le cimetière des légumes le déprimait. Il tâta ses poches, trouva la bonne et y prit son téléphone portable.

– Tu ne t'en sépares jamais, ordonnait sa mère. Le téléphone est ton cordon ombilical.

Zoé ou Richard lui montraient chaque matin comment composer le numéro de la maison ou les numéros des deux téléphones portables qu'ils emportaient avec eux, là où ils allaient sans leur fils.

Primo, Linlin savait exactement ce qu'était un cordon ombilical et ça ne ressemblait sûrement pas au Samsung rouge qu'il tenait dans sa main. Secundo, ses parents l'agaçaient en répétant leur leçon débile. Il fêterait l'anniversaire de ses dix-sept ans demain et pourtant, il avait encore eu droit à la répétition le matin même, pendant le petit déjeuner. Faire tac, tac, tac, tac, tac, tac, tac, tac, tac, tac sur les touches d'un clavier était à la portée du frère d'Alice. Même d'Oyssée, si ses pattes étaient moins grosses. Il savait compter jusqu'à dix et lire des chiffres, mais Zoé paraissait en douter.

– Allez, compose le numéro du portable de papa, mon chéri.

Il composait.

– Le mien.

Il obéissait.

– Celui d'ici.

Les téléphones beuglaient dans la maison et ça suffisait pour que sa mère s'exclame :

– Bravo, mon chéri !

Linlin composa le numéro d'Alice. Il l'appelait plusieurs fois par jour. Elle et d'autres personnes, mais il s'agissait alors d'inconnus.

– Fiston, annonçait Richard Quitani, je te rappelle que ton amie Alice Amiliane n'a pas de téléphone portable, chose incroyable de nos jours je l'admets, pour une fille de dix-sept ans, mais c'est ainsi.

Encore un de ces mensonges dont ses parents l'abreuvaient afin qu'il n'ennuie pas ses amis.

– Bonjour Alice, dit Linlin.

Le portable bourdonnait. On aurait dit qu'un essaim d'abeilles fonçait sur le jardin dévasté afin d'y trouver un terrain d'atterrissage. Linlin écarta le téléphone de son oreille, le considéra avec sévérité, puis le remit en place et, à force de concentration, parvint à construire une phrase entière.

– Je te réveille ?

Elle ne voulait pas lui répondre. Elle devait être encore couchée. Le samedi, ses parents ne travaillaient pas et la famille Amiliane faisait la grasse matinée.

– Bon, dit Linlin. Ce soir.

Il composa un autre numéro. Facile. Il compta cinq tactac, parce que cinq fois deux égale dix et qu'il sache faire la multiplication était aussi un truc à rappeler à sa mère. Bourdonnement. Pendant qu'il patientait, il essaya d'imaginer Alice dans son lit. En chemise de nuit.

Sans chemise de nuit.

Impossible. Il n'obtenait que l'image d'un fantôme blanc, une sorte de drap qui recouvrait une forme, avec la tête d'Alice émergeant, mais ça ressemblait trop aux histoires

progressaient dans la nuit noire de Normandie afin de tuer le plus possible d'horribles Allemands. Il fit claquer la lame de la grenouille contre le téléphone et dit :

– Plage, maman. Avec Laura.

Il entendit nettement le soupir appuyé de sa mère.

– Ne commets pas d'imprudence, mon chéri.

Il y eut un blanc, puis la voix de Zoé se fit plus lointaine.

– Jean-Alain descend au bord du lac. Richard, je me demande si c'est raisonnable que nous le laissions seul cet après-midi ?

Il entendit aussi la réponse de son père. Curieusement, elle lui parvint plus nettement que la réflexion de sa mère.

– Bon Dieu, Zoé, il a dix-sept ans, on ne va pas l'attacher à la niche comme un chien ?

Linlin rangea le téléphone dans la poche des objets précieux.

– Approche, mon gros doudou, proposa Laura Dagret, en voyant Linlin croiser dans les environs de sa serviette de bain.

Elle tapota le linge, tout près de ses fesses, mais pour tout l'or du monde jamais Jean-Alain n'accepterait l'invitation de la fille. Il avait l'impression que son sang se congelait de peur dans ses veines. Laura était magnifique. Plus belle que la plus belle des photos de femmes qu'il feuilletait dans *Elle* ou *Vogue*, les magazines que lisait sa mère quand elle n'en pouvait plus des langues étrangères.

Laura portait un maillot de bain deux-pièces rose bonbon. Un maillot si petit que dessous la pâleur irréelle de la peau se confondait avec le blanc des cailloux de la plage.

– Belle, murmura Linlin, entre ses mâchoires contractées.

Il fit un écart, un peu comme s'il s'en allait, puis revint sur ses pas et tournicota autour de la serviette. Il essayait de comprendre pourquoi Laura en maillot de bain l'attirait moins que Laura sur sa balançoire, alors qu'elle était à peu près nue. Il ne trouva aucune explication. Laura observa chacun des cercles concentriques qu'il effectuait, puis elle éclata de rire. Un rire rauque, comme si la fille souffrait d'une angine, mais le deux-pièces prouvait que Laura ne souffrait d'aucune maladie. Elle tapota plus énergiquement l'emplacement qui hypnotisait Linlin, si près d'elle.

– Allez quoi, Linlin, couche-toi à côté de moi. Je ne te mangerai pas, bien au contraire. Peut-être que…

Elle lui adressa une multitude de clins d'œil. Ses longs cils peints de noir clignotaient sous les paupières peintes de rose. Linlin ressentit une peur encore plus grande.

– Peut-être que tu pourras toucher, proposa Laura. Tu adorerais me caresser les seins, hein, mon gros doudou ?

Qu'elle l'appelle « gros doudou » était plutôt rassurant. Elle l'avait traité une fois d'« espèce de tordu », une expression dépourvue de sens, mais le ton était orageux. Gros doudou était quand même énervant. Un surnom ridicule. D'ailleurs, le jeune homme allongé sur un matelas pneumatique à deux mètres à peine de Laura se mit à rigoler en agitant sa tête coiffée d'une lamentable casquette verte et il entra dans la conversation alors que personne ne lui avait rien demandé.

– Gros doudou ! Tu exagères, Laura. On dirait que tu aimerais sucer ton pouce en tenant ce gros doudou dans l'autre main.

Maintenant, les deux rigolaient comme des baleines. Une autre expression idiote. Linlin avait entendu les baleines pleurer dans la mer, lors d'un séjour à Mayotte. Soudain, il ressentit l'envie de frapper Laura, pas seulement parce qu'elle riait avec la casquette verte, mais surtout parce qu'elle trichait. Elle l'invitait à s'allonger auprès d'elle alors qu'elle montrait ses cuisses et son ventre à un inconnu.

– Jaloux, moi, marmonna Linlin. Il se ravisa, lorgna le jeune homme qui s'était encore rapproché de Laura et ajouta : Con, con, con, avant de s'éloigner très vite de l'îlot dangereux que formaient le matelas pneumatique et le drap de bain.

Il y avait peu de monde sur la plage. Trop tôt, à onze heures du matin, jugea Linlin en consultant sa montre, à qui il annonça d'une voix hésitante :

– Demain, anniversaire. J'ai…

Il s'arrêta de courir sur les cailloux de granit noir qui constituaient ce qu'on appelait la plage. Il regarda fixement sa montre qui indiquait *samedi 12 juillet. 11 heures.* Linlin lut à voix haute les renseignement affichés, puis dit :

– Dix-sept ans.

Il reprit sa marche, de mauvaise humeur. Il réalisait que la mystérieuse promesse d'Alice ne serait que ça : un cadeau d'anniversaire. Des cadeaux, il en avait plein sa chambre. Plein la maison. Ses grands-parents, ses cousins, les amis de ses parents, tous débarquaient au château en lui offrant des cadeaux. Du papier coloré et à l'intérieur un objet quelconque.

À l'extrémité de la plage, près de l'endroit où commençaient la végétation folle et emmêlée des buissons d'épineux, puis celle des roseaux et des joncs, là où l'eau du lac du Serpent prenait une teinte grise, Linlin aperçut trois filles. Il les connaissait vaguement. Trois sœurs, venues de Sponge à bicyclette. Elles pique-niqueraient et ne repartiraient que tard le soir.

– Miam miam, dit Linlin, le cœur en émoi.

L'espoir se mit à galoper dans sa poitrine. Il avait tellement à apprendre au sujet des filles, mais c'était difficile. Elles se conduisaient mal avec lui, excepté Alice, mais Alice n'était qu'une voisine. Il savait qu'il avait du vent dans la tête, comme madame Rosa dans *La Vie devant soi,* à qui le Dr Katz apprend qu'elle vivra comme un légume, et comme Momo qui parle à un parapluie, mais ça n'empêchait pas d'éprouver des sentiments et de se renseigner sur les filles.

– Après, je, marié ? avait demandé Linlin à son père, en se picorant la poitrine d'un index colérique.

Richard avait fait semblant de ne pas comprendre, sous

prétexte que son fils ne parlait pas chinois. Linlin avait assemblé deux de ses doigts, les avait fait se chevaucher, puis désignant ses parents puis ses doigts emmêlés et s'étouffant presque d'une colère qu'il ne parvenait pas à exprimer correctement, il avait crié :

– Marié moi, vous ? Pas ! Jamais ! Jamais pas !

Aborder certains sujets, dans la famille Quitani, s'avérait impossible. Sa mère pleurait à grosses larmes. Son père se détournait et marmonnait. Ou alors, il serrait Linlin entre ses bras. Une solution encore pire. Cette fois, pour lui annoncer qu'il ne vivrait jamais avec une fille, ne se marierait jamais, n'aurait jamais d'enfants, Richard Quitani avait broyé son fils entre ses bras et avait bredouillé des « mais si, Jean-Alain, mais si » aussi convaincants que lorsqu'il disait à Gabin : « Mais si, tu peux construire un sous-marin. »

Linlin s'installa à proximité des sœurs. Il s'assit en tailleur sur le sol dur et fit couler des cailloux entre ses doigts. Des vieilles. En tout cas, celle qui s'appelait Marine avait vingt-trois ans. Il l'avait entendu dans une conversation capturée au vol. Il n'avait ni serviette de bain, ni maillot, ni envie de se baigner, ni désir de cuire au soleil, ni rien d'autre que le souhait de s'asseoir près des trois filles.

Elles étaient belles.

Toutes les filles du monde étaient belles. Il le découvrait dans les magazines que ses parents achetaient. Il posait un doigt sur la photo d'une page de *Vogue,* le faisait glisser doucement sur le satiné du papier en murmurant « Elle belle, elle belle », mais ça ne servait à rien parce que sur la page suivante figurait une femme encore plus belle. Parfois, il pleurait. Il aimait ça. C'était doux. Ses larmes mouillaient les femmes et, s'il pleurait assez, elles pouvaient réduire la page en compote.

Les sœurs l'observaient en gloussant. L'une dit : « Voilà le maboul. » L'autre dit : « Oh, il est pas méchant. » Marine le regarda avec insistance avant de commenter :

– Il nous reluque et moi, ça me plaît. Il est bien foutu, bronzé et vous avez vu ses super cheveux noirs ? Dommage que le bon Dieu l'ait cassé dans la tête.

Elles parlaient comme s'il n'était pas là. À peu près tout le monde agissait ainsi. Linlin aimait bien qu'on le considère comme un objet. Il écoutait et apprenait plein de trucs. Des secrets qu'il n'aurait pas dû connaître.

Il lorgnait les sœurs en douce. De brefs coups d'œil et après, il détournait la tête, s'intéressait au ciel bleu, au lac, aux roseaux qui bougeaient à peine. Ses yeux revenaient ensuite picorer la peau des filles. Une ruse. Il fallait faire gaffe. En juin, alors que le beau temps s'était installé depuis plusieurs jours, une femme vêtue d'un maillot une pièce noir avait crié : « Dis, l'obsédé sexuel, tu veux ma photo ou tu préfères que j'appelle les flics ? »

Son mari – en tout cas le type qui occupait un autre drap de bain à côté – s'était dressé d'un bond, aussi hystérique

que le père de Laura Dagret quand il gueulait de l'autre côté de la haie de séparation : « Une saleté de sanglier a encore labouré le terrain cette nuit ! » Linlin s'était pris une gifle et avait dû s'enfuir.

Les sœurs portaient des maillots deux-pièces de couleurs différentes, mais ils étaient moches. Ils couvraient trop la peau. On aurait dit que les filles avaient tiré au sort avant de les enfiler, sans se préoccuper des tailles.

– Tu es en forme, Linlin ? demanda la plus petite des filles.

Il hocha la tête, bien qu'aucune des sœurs ne montrait d'intérêt. Il fit couler à nouveau un mélange de cailloux et de sable entre ses mains assemblées en entonnoir. Les filles étaient quand même belles, en dépit de ces maillots désastreux. Comment c'était sous le tissu ? s'interrogea Linlin. Le découragement affaissa ses épaules. Il ne saurait jamais comment c'était sous les vêtements des filles. Ses parents lui procuraient des livres d'éducation sexuelle et les feuilletaient avec lui. Des dessins. Des croquis. Des photos. Du papier. Pas grand-chose de palpitant. Il préférait les films, mais c'était du cinéma.

– Je veux voir une fois en vrai, maman.

Il avait préparé la phrase, la tourneboulant dans sa tête jusqu'à ce qu'il la prononce correctement dans sa chambre. Pourtant, devant Zoé, les mots s'étaient coincés et à la place, il avait débité une autre phrase, aussi intacte, mais pas la bonne.

– Les femmes des images ne suffisent pas.

Zoé Quitani avait écarquillé les yeux et quêté l'aide de son mari.

– Je ne sais plus comment m'y prendre, Richard. Vous êtes deux mecs... Débrouille-toi avec ton fils, tu devrais réussir mieux que moi.

C'était sidérant de constater qu'en réalité, son père ne connaissait à peu près rien aux femmes. Guère plus que lui. Dingue, non ? Il avait pris un air effaré, marmonné « Ouais, bon, on verra ça ensemble un de ces jours, il n'y a pas le feu », avant de se tourner vers Zoé, d'ajouter en affichant un sourire crispé :

– Dommage qu'on ait fermé les maisons closes.

– Ah, très drôle ! avait rétorqué Zoé Quitani.

Aucun des deux n'avait expliqué cette histoire de fermeture de maison fermée.

« Belles », pensa Linlin, en voyant les trois sœurs se lever, s'étirer, puis Marine écarter la culotte de son ventre, glisser la main dessous afin de chasser le sable infiltré sous le tissu. Il regarda franchement. Au diable l'hypocrisie des coups d'œil tellement c'était excitant cette main qui caressait le ventre de la fille, montait et descendait sur la peau invisible. Linlin, affolé, constata que son sexe était tendu sous son short. Il devint tout rouge. Comment allait-il pouvoir se lever et partir ?

– On va se baigner, Linlin, annonça Marine. Tu gardes nos affaires pendant dix minutes ?

Il s'empressa de hocher la tête, de bégayer « Oui, garder, garder » et fondit en larmes dès que les filles lui tournèrent le dos et coururent vers la surface maintenant irisée de lumière du lac du Serpent afin de se jeter dans l'eau.

– Tu t'appliques, mon chéri, proposa Zoé Quitani à Jean-Alain. Si tu veux, tu peux.

La leçon d'écriture. Juste après le repas de midi, juste avant de s'échapper jusqu'à la tombée de la nuit puisque ses parents allaient à Sponge. Un passage chez des amis, quelques courses au supermarché, puis sans doute une courte balade en forêt, autour de la ville. Linlin comprenait qu'ils s'offraient une demi-journée de liberté. « Nos petites vacances en amoureux », disait Zoé Quitani, en clignant de l'œil, et ce n'était pas si faux : ils se promenaient en se tenant la main.

– Nous ne serons partis que quatre ou cinq heures, avait averti son père.

Linlin se doutait que conquérir ces cinq heures de liberté lui avait demandé de la persévérance. Zoé hésitait.

– On ne sait jamais ce qui peut...

– On ne sait jamais rien du tout ! coupait Richard, excédé. Il en a autant besoin que nous, crois-moi ! Il étouffe, perpétuellement dans nos jambes. Je te promets Zoé qu'il étouffe.

« Il. »

C'était lui.

Linlin se demandait pourquoi on l'appelait « il » si souvent. En tout cas, il avait vraiment besoin en effet que ses parents débarrassent le plancher, particulièrement ce samedi-là, jour du cadeau d'anniversaire d'Alice. Leur secret.

En attendant, il se coltinait la page d'écriture de sa mère. Ils étaient dans la salle de séjour, une vaste pièce emplie de livres. Il y en avait partout, même des piles par terre, ainsi que des paquets de journaux étrangers, écrits dans plusieurs langues. Linlin avait dû déblayer un coin sur la grande table ovale, elle-même couverte de magazines. Il patientait, stylo levé, prêt à plonger en piqué sur le cahier ouvert. Zoé Quitani s'empara d'un bouquin, pris au hasard au-dessus d'une pile, et l'ouvrit aussi au hasard. Elle respira un peu trop fort, comme si elle s'approvisionnait d'un air qui allait lui manquer, et considéra son fils avec dans les yeux l'ombre d'une tendresse inquiète. Est-ce que ce samedi serait un bon jour ou une catastrophe ? Jean-Alain était capable d'écrire chaque mot dans l'ordre, sans fautes abominables, mais il pouvait aussi produire une bouillie de signes illisibles, zébrée de traits rageurs, couverte de taches. Au final, alors qu'aucun mot digne de ce nom n'apparaissait sur la page maculée, il déchirait la feuille, disait « Fini, fini » et c'était fini.

Linlin hocha la tête et adressa un sourire enjôleur à Zoé. Ça irait tout seul. Le vent dans sa tête s'était calmé.

« Les nerfs de votre fils sont parfois comme des câbles électriques à haute tension qui se toucheraient », avait expliqué le Dr Levallois.

À peine sorti de la consultation, Richard Quitani avait explosé : « Ce docteur est un con ! Nous en choisirons un autre. »

Ce qui n'avait pas été le cas. Le médecin suivait Jean-Alain depuis sa naissance.

– Le titre du roman est *Lucy*, annonça sa mère. Un beau texte. Je te raconterai l'histoire un de ces jours.

Elle feuilleta le bouquin, grimaça et revint à l'endroit du début. Elle ajouta :

– Non, je ne te raconterai pas cette histoire. Tu la détesterais. En route, mon chéri.

– *Lucy, huit ans, bientôt neuf, s'était liée d'amitié avec le chien cet été-là. Le gros animal joueur avait débarqué dans la cour environ un mois plus tôt...*

Zoé Quitani dictait bien. Lentement. Sa bouche lâchait les mots avec regret. La voix douce les polissait afin de les rendre lisses et gentils, même lorsqu'ils étaient rugueux ou violents. La veille, Zoé avait dicté *« l'aigle fondit sur l'agneau et le déchiqueta de trois coups de bec »*, comme si elle décrivait le vol de la colombe de l'arche de Noé découvrant la terre ferme.

Elle s'interrompit, se pencha vers le cahier sur lequel son fils écrivait. Elle sourit. Il n'y avait que de vrais mots. Elle lut la première phrase. Intacte. Zoé Quitani libéra un soupir de soulagement mais fut incapable de retenir sa réflexion.

– Mon Dieu, pourquoi ce n'est pas la même chose tous les jours et la même chose quand tu parles ?

Sa voix flageolait et son regard éperdu débordait d'incompréhension.

Le sourire revint avant qu'elle ne poursuive la dictée. Son cœur, débarrassé de l'angoisse, battait à un rythme régulier. Richard avait raison. Ils pourraient s'absenter sans crainte. Ce samedi 12 juillet serait un bon jour, en définitive, en dépit du saccage du jardin.

Depuis le canoë, au milieu du lac du Serpent, Linlin découvrait presque la totalité des rives. C'était surtout des roseaux mêlés aux ajoncs et, en arrière, des bosquets de peupliers, des buissons, des herbes hautes. Quand la végétation cédait la place, les trouées laissaient entrevoir des morceaux de la route. Les rives du lac formaient un exceptionnel territoire d'aventures, en tout cas un lieu où l'imagination autorisait d'autres vies. Linlin s'intéressait beaucoup à la plage. En ce milieu d'après-midi, elle était très peu fréquentée. Trop chaud. Les amateurs de baignade ou de bronzette arriveraient plus tard, quand le soleil cognerait moins fort. Ou ne viendraient pas. La fréquentation du lac du Serpent ne répondait à aucune logique. Les parents de Jean-Alain estimaient qu'elle était fonction du degré d'ennui que vivaient les habitants de Sponge.

– Ils débarquent quand ils en ont marre que leurs gosses soient insupportables à la maison, décrétait Richard Quitani. Ou alors, s'il n'y a pas de sport à la télé. Quand ils s'emmerdent, quoi.

– Richard, s'il te plaît ! Jurer ne te donne pas davantage raison !

Linlin pensait que son père se trompait. Peu d'enfants et encore moins d'adolescents fréquentaient le lac. Et, s'ils venaient, c'était presque toujours sans leurs parents.

Linlin détestait les gosses. Ils jouaient au foot sur la plage. Hurlaient. Se battaient. Se conduisaient le plus souvent comme des sauvages. Ils l'insultaient. Cinglé. Toqué. Maboul. Dingue. Tordu. Neuneu. Mongol. Un dictionnaire entier, auquel Linlin ne prêtait guère attention. Pourtant, il craignait un rouquin d'une douzaine d'années, aussi maigre qu'une sardine, qui lui tournait autour, juché sur un VTT trop haut pour lui. Il réalisait plusieurs cercles de plus en plus rapprochés et, quand il était tout près, il disait enfin bonjour, à sa façon : « Salut le psychiatrique. T'as tué quelqu'un, déjà ? Mon père dit que t'es dangereux, que tu devrais pas traîner dehors. C'est vrai ? »

« Oui », répondait invariablement Linlin.

Le rouquin rigolait. S'en allait. Revenait jusqu'au moment où Linlin lui montrait le poing. Il ne venait plus depuis une dizaine de jours. Peut-être parce que Linlin avait balancé sa bécane dans le lac, mais son père lui en achèterait une autre avec l'argent que Richard et Zoé avaient dû donner au sale type furieux qui braillait : « Si ça continue, je porte plainte ou je fous le feu à votre baraque pour que vous débarrassiez le plancher. »

– Je balancerai le rouquin dans le lac et il se noiera dans les roseaux, décida Linlin.

Il donna de vigoureux coups de rame afin de s'éloigner d'une zone envasée qui émergeait du fait de la sécheresse de ce mois de juillet. Le canoë regagna une partie plus profonde. Linlin reposa la pagaie au fond du bateau. Il se sentait bien, ici. Chez lui. Il était mieux qu'à la maison, mieux que partout ailleurs. Personne ne l'ennuyait. Personne n'exigeait quoi que ce soit de lui. Personne ne lui interdisait quoi que ce soit. Donc, tout était possible. En tout cas, dans sa tête.

Aucun bruit. Des canards slalomaient entre les roseaux. De temps en temps, ils enfonçaient leur tête sous l'eau, happaient une nourriture quelconque et reprenaient leur tranquille balade. Eux aussi étaient peinards, au milieu du lac.

– Coin-coin, fit Linlin.

Un canard répondit « coin-coin » et Jean-Alain lui adressa un signe amical de la main. Il préférait les hérons aux canards. Ils se posaient par couples de l'autre côté du lac, dans la partie la plus vaseuse, et gobaient de minuscules poissons piégés dans des poches d'eau. Ils n'étaient pas là aujourd'hui. Le soleil chauffait à blanc. Linlin aimait sentir sa peau rissoler. « La crème solaire, Jean-Alain ! se fâchait Zoé Quitani. T'exposer ainsi est dangereux pour la santé. »

Il hochait la tête mais n'obéissait pas. Parfois, sa mère le prenait de vitesse avant qu'il ne s'échappe et descende au lac. Elle saisissait son bras, sans ménagement, le tirait jusque dans une des deux salles de bains et là, le dépiautait de ses vêtements sans s'occuper de ses cris. Elle le traitait comme un enfant de cinq ans désobéissant et l'enduisait de crème solaire de la racine des cheveux au nombril. Elle entreprenait ensuite de napper le reste du corps : jambes, cuisses, devant, derrière. À la fin, il ressemblait à la plaque de beurre qu'on oubliait en été sur la table dans le parc, après le petit déjeuner.

L'heure du cadeau d'Alice approchait.

Un taon lourdaud vibrionna autour de Jean-Alain avant de se poser sur son bras gauche déjà mordu d'un coup de soleil. Il l'observa sans broncher. Il pensait au coup de téléphone d'Alice, juste après la leçon d'écriture.

– Ta petite amie, avait annoncé Zoé Quitani, après avoir décroché le téléphone.

Elle souriait, le visage tourné vers son fils.

Linlin détestait que sa mère dise des âneries pareilles. Alice pouvait les entendre, même si sa mère murmurait. Le vent dans sa tête l'empêcherait d'avoir une petite amie et Alice moins qu'une autre parce qu'elle était trop intelligente. Richard Quitani le répétait souvent, les yeux brillants de convoitise :

– Cette fille est formidablement intelligente.

D'ailleurs, Alice trouvait qu'il sentait mauvais quand il s'imbibait de « Pure Poison » de Dior, alors que son père s'approchait de sa mère en roucoulant : « Je t'avalerais tellement ton parfum me chavire. »

– Alice, j'aimerais te demander un petit service, avait dit sa mère. Après la lecture de *La Vie devant soi*, si tu n'es pas trop pressée… heu… tu pourrais jeter un petit coup d'œil, Richard et moi allons à Sponge… tu vois ce que je veux dire… merci à toi.

Elle avait donné le téléphone à son fils, mais Linlin avait tiré la langue à sa mère. Il savait très bien ce que signifiait « jeter un petit coup d'œil ».

Le taon piqua son bras. Il le laissa boire son sang, remplir son ventre d'avion cargo.

– Santé ! dit Linlin.

Sa main droite rafla l'insecte avant qu'il ne décolle, les soutes pleines à ras bord. Linlin avança la main-prison près de sa bouche.

– Bien fait !

Ses sourcils se tassèrent au centre du front. Il cherchait les bons mots. Il les trouva.

– Con ! Con ! Foutu !

Il enfonça la main fermée dans l'eau, attendit puis l'ouvrit. L'insecte remonta à la surface. Linlin le regarda se noyer avec satisfaction. Il pensa d'abord au rouquin qui l'appelait « psychiatrique », puis durant l'agonie du taon, ses pensées revinrent à Alice, à leur conversation au téléphone.

– Je viendrai plus tôt te lire la fin de *La Vie devant soi*, puisque tes parents seront partis, avait annoncé Alice. Tu es d'accord ?

Jean-Alain avait hoché la tête. À croire qu'Alice le voyait de là où elle habitait, car elle avait enchaîné :

– Très bien.

Elle s'était tue. Linlin avait secoué le téléphone. La voix avait repris, hésitante.

– Ton anniversaire est bien demain ?

– Anniversaire, avait opiné Linlin, en haussant les épaules.

Ce sujet ne l'intéressait pas. Il était pressé de descendre au lac.

Nouveau silence.

– Alice ? Alice ? Alice ? Alice ? avait psalmodié Linlin.

– Calme-toi, Jean-Alain. Je réfléchis. Cette année, je ne t'ai pas acheté de cadeau d'anniversaire. J'ai sans cesse pensé à ce que tu me dis souvent et que tu m'as encore dit hier. Tu te souviens ?

Linlin ne se souvenait pas du tout. Les mots télescopés mis bout à bout s'écoulaient de sa mémoire plus vite que l'eau au fond d'un bac de douche.

– Alors... alors, avait promis Alice, je te ferai quand même un cadeau. Mais attention : tu dois me jurer, me rejurer que jamais, jamais, jamais tu n'en parleras à personne. Quoi qu'il arrive, même sous la torture, tu te tais.

Alice avait ri. Puis, après une attente :

– Alors, tu me le jures ?

– Juré, juré, avait répliqué Jean-Alain, satisfait que Zoé se soit décidée enfin à quitter la pièce, ce qui évitait de répondre à l'interrogation : « Qu'est-ce que tu promets à Alice, mon chéri ? »

Le taon était mort. Linlin le récupéra, le lança vers le ciel, mais l'insecte refusa de s'envoler.

– Dommage, dit Jean-Alain.

Il récupéra le taon, le fourra dans une poche. Il l'enterrerait plus tard, à côté de mamie Héloïse, quand il irait au cimetière. De toute façon, elle n'était pas seule. Il avait enterré là-bas plein d'animaux. Deux mésanges, trois grenouilles, une souris. C'est alors qu'il vit la voiture de police croiser au loin, sur la route. Elle suivait la rive sud du lac du Serpent. La patrouille de gendarmerie. Linlin, persuadé qu'on pouvait le voir depuis la voiture de ronde, tenta de recroqueviller son corps trop grand au fond du canoë. Cet été, les gendarmes faisaient sans cesse des rondes autour du lac.

– Ils n'ont pas grand-chose à foutre, décidément ! grondait Richard Quitani.

– Tu es injuste ! ripostait Zoé. Les gendarmes garantissent la sécurité des riverains et celle des baigneurs. Autant qu'ils fassent ça, plutôt que de flanquer des PV à tour de bras. Le nouvel adjudant est consciencieux, moi j'approuve.

Son mari éclatait de rire. Zoé Quitani collectionnait les PV pour stationnement interdit.

Les gendarmes s'arrêtaient quand ils croisaient Linlin. Toujours. Et ils posaient toujours la même question :

– Alors, Linlin, on mate encore les filles ?

Jean-Alain connaissait leurs noms. Le duo qui l'ennuyait le moins se composait de Noureddine et de Al. Al était le chef. Un grand baraqué, aussi silencieux qu'une carpe. Il tétait sa clope, remplissait la bagnole de fumée et considérait Linlin entre ses lourdes paupières à demi baissées, comme s'il observait une fourmi à cinquante pattes. C'était presque toujours Noureddine qui posait la question :

– Linlin, on mate encore les filles ?

En général, ça le faisait rire. Quelques jours auparavant, il s'était montré plus loquace.

– Qu'est-ce qui t'intéresse donc tant chez les filles ?

Linlin retenait l'envie qu'il avait de pisser dans son short. Il n'aimait pas les gendarmes, cette façon qu'ils avaient de piler au dernier moment avec leur bagnole, juste à vingt centimètres de ses jambes. Il n'aimait pas leurs habits moches. Et encore moins ce pistolet qu'ils accrochaient à leur ceinturon. Noureddine avait insisté :

– Je ne comprends pas ce qui t'intéresse tant chez les filles. C'est quoi, au juste pour toi les filles ?

Linlin avait incliné la tête et répondu en se forçant à sourire :

– Les filles.

Le gendarme avait hoché la tête, avant de conclure :

– Ouais, je vois ça. Ben mon gars, tu t'attireras des emmerdes, comme disent mes collègues, à force de jouer au con sur la plage et ailleurs.

La voiture bleue de la gendarmerie, dont Linlin suivait la progression à travers les roseaux, s'immobilisa avant d'entamer la ronde sur une autre rive du lac du Serpent. Le chef devait promener ses yeux à travers la paire de jumelles qui pendait parfois sur son torse de catcheur. Donc, estima Linlin, il voit le canoë, il me voit, il m'espionne, il… Les suppositions, nombreuses, l'amenèrent à serrer davantage les cuisses afin de retenir son envie pressante d'uriner.

Les collègues de Noureddine s'appelaient Bertrand, Brigadier, Hervé et le dernier, encore Brigadier. Deux fois le même prénom ne facilitait pas la mémoire. Pourtant, Linlin se souvenait très bien d'une ronde faite par Hervé et Brigadier numéro 1. Il n'avait pas entendu le bruit du moteur de la Peugeot bleue. Elle devait rouler en catimini. Quand Linlin était sorti des roseaux, la voiture était arrêtée à son niveau.

– Putain, le neuneu à poil ! avait braillé Hervé. Gare-toi correctement, brigadier, je descends examiner ça de près.

Linlin pêchait les anguilles dans la partie vaseuse du lac du Serpent. Il n'avait pas l'intention de bousiller son short et son slip, déposés quelque part, mais où ?

– Putain, tu branles quoi, Linlin ? avait questionné Hervé, en secouant le bras droit de Jean-Alain comme s'il s'attendait à voir tomber des noix.

Linlin, lui, s'acharnait à planquer ce qu'il ne montrait à personne, pas même à ses parents.

– On fait quoi, brigadier, à ton avis ? On l'embarque pour exhibition sur la voie publique ?

– Anguille, avait expliqué Linlin, mort de trouille à l'idée de grimper tout nu dans la voiture de ronde et de débarquer comme ça à la gendarmerie.

Heureusement, Brigadier comprenait ce qu'impliquait la pêche aux anguilles dans la vase, surtout si on avait une mère qui disait, quand on rentrait du lac : « Je n'en peux plus de laver tes habits, mon chéri. À force, tu me tueras. » Le deuxième gendarme n'était pas sorti de la voiture. Il s'était contenté de passer la tête par la vitre ouverte.

– On ne va pas perdre notre temps avec des conneries pareilles, Hervé. Je termine mon service dans une demi-heure, alors basta. Fous la paix à ce pauvre gosse.

Hervé avait libéré le bras de Jean-Alain.

– OK, brigadier, OK. On ne se complique pas la vie, mais quand il commettra un gros truc ou plongera dans des embrouilles foireuses, on se ramassera les victimes et on regrettera de ne pas avoir fait le boulot avant.

Les gendarmes étaient partis.

La voiture de ronde que surveillait Linlin disparut elle aussi. Il se réinstalla plus confortablement dans le canoë. La transpiration trempait son dos.

La nuit était tombée depuis longtemps quand Jean-Alain se décida à rentrer. Il s'était caché dans les roseaux, de l'autre côté du lac du Serpent. Loin de chez lui. Loin de la maison d'Alice. Loin de tout.

Sonné.

Émerveillé.

Épouvanté.

Incrédule. Un rêve ? Non, ce n'en était pas un.

Il avait composé le numéro de téléphone de ses parents à plusieurs reprises, mais dès que la voix apeurée de Zoé ou de Richard disait « Jean-Alain, où es-tu ? » il coupait la communication. Un inconnu avait aussi répondu : « Rentre, Linlin. Tout ira bien, je te le promets. »

Il avait essayé de téléphoner à Alice, mais comme d'habitude elle ne répondait jamais. Plus tard, il avait aperçu les phares de plusieurs voitures. Les lumières, de plus en plus nombreuses, perforaient la nuit. Une situation bizarre, anormale, ça Jean-Alain le comprenait, mais pourquoi tant de voitures autour du lac ? Quelqu'un s'était noyé ?

Des gyrophares clignotaient partout. Les gendarmes.

Jean-Alain essayait d'oublier tout ce bazar afin de repenser à ce qui était arrivé. Déjà des zones d'ombre grignotaient sa mémoire, mais ce dont il était certain, c'est que jamais l'oubli ne mangerait l'essentiel.

Il frissonnait.

Jean-Alain s'approcha de chez lui vers deux heures du matin. Il était toujours vêtu de son seul short et de ses baskets. Une voiture de gendarmerie barrait la route à une centaine de mètres de l'entrée de la cour de sa maison. Deux gendarmes en sortirent. Il les connaissait de vue, mais ne parvenait pas à leur donner un nom. Un grand, un petit.

– Le voilà ! s'exclama le grand.

Le petit se précipita, lui empoigna l'épaule, le secoua à lui arracher le bras.

– Aïe ! dit Jean-Alain.

– Putain, Linlin, d'où tu sors ?

– Cadeau, répondit Jean-Alain.

Le grand gendarme se plaça en face de lui. Ils étaient maintenant les trois dans la pleine lumière des phares. Jean-Alain cligna des yeux comme un hibou piégé par l'aube.

– Où est Laura Dagret ? demanda le grand gendarme. Si tu nous dis ce que tu as fait, où elle est, on oubliera tout et tu t'en sortiras sans gros ennuis. À moins que…

On aurait dit un bouledogue malheureux, pensa Jean-Alain. Il bredouilla « Laura », et éclata de rire.

3 - FREDDY

Vendredi 4 juillet

Freddy regarde autour de lui. Personne en vue. Aucun véhicule ne passe sur la route, au loin, qu'il aperçoit à travers les jumelles. Si c'était le cas, il serait aussitôt repéré. Le terrain que loue Freddy, sous prétexte de faire un jardin, est éloigné de la ville. Il est situé dans une zone plate à perte de vue. L'isolement d'un endroit abandonné a été essentiel dans son choix, ainsi que l'existence d'une grande baraque de rondins, en très bon état. Un ancien rendez-vous de chasseurs. Nul ne vient là, sauf en période de chasse justement, du fait des friches dans lesquelles courent les lapins, s'abritent des perdrix et des faisans. Mais la chasse n'ouvre que fin septembre et fin septembre, tout sera terminé.

Elle sera auprès de lui. Et ils seront loin. À l'abri des dangers.

Freddy n'en peut plus d'attendre.

Il déverrouille le cadenas qui scelle la porte de bois plein, à deux battants, et retire l'énorme chaîne. Il ouvre les deux battants, aussi largement que possible. Entre. Une odeur de moisi lui irrite la gorge. Le vieux Ford Transit, qu'il a aménagé, l'attend tapi dans l'ombre. La cabane ne contient rien d'autre que ce véhicule et, sur des étagères, des boîtes de conserve et des packs d'eau. Il apportera plus tard ce qui manque.

Freddy ouvre la portière du Transit, côté conducteur. Il s'installe au volant, met le moteur en marche. Il semble réfléchir, hésiter, mais en fait il attend d'être calme. Quand il estime que c'est le cas, il recule avec prudence, ressort du fourgon en laissant le moteur tourner et referme les portes de la cabane. Il secoue la chaîne et sourit. Franchir l'obstacle exigerait les talents d'un cambrioleur professionnel mais il ne viendrait à l'idée de personne de cambrioler une cabane de jardin perdue en pleine nature.

De même que personne ne s'intéresse au fourgon Transit.

« Mon instrument de travail, dit Freddy à ses relations qui s'étonnent de le voir au volant. À l'intérieur, je fourre un binz incroyable, je ne range rien, je traîne tout le matériel avec moi, ainsi j'ai ce qu'il faut sous la main quand j'en ai besoin. C'est plein de boue, totalement dégueulasse. Si je vous montrais, vous pousseriez un cri d'horreur. »

Bien sûr, il n'ouvre pas le fourgon.

En ville, beaucoup de personnes connaissent sa passion du jardinage. Surtout les employés de la coopérative agricole à qui il achète des quantités énormes de produits et de matériel. Il se débarrasse de ses achats dans une décharge. Les employés sont bavards. Ils parlent aux clients. Qui parlent à leur tour. Ainsi, personne n'est surpris de croiser le fourgon ici ou là, de le voir garer le long d'une route, d'une rue, n'importe où. Freddy le jardinier s'adonne à sa passion. D'ailleurs, les artisans utilisent presque tous des fourgons de marques diverses et celui de Freddy se mêle à eux et fait partie du décor. Personne ne remarque que le véhicule ne possède qu'une seule ouverture, à l'arrière : une vitre noire, étroite. Si on colle son visage à la vitre, on ne voit pas l'intérieur du Transit.

Mais Freddy, lui, voit à l'extérieur. Une vitre sans tain, bricolée. Comme chez les flics, quand un témoin doit identifier un coupable sans être vu.

Freddy conduit en souriant. Il fait une chaleur à crever alors qu'il est à peine onze heures. Il n'y aura pas grand monde dans les rues, mais ça n'a plus beaucoup d'importance, maintenant. Le but est proche. Il s'agit d'effectuer les derniers repérages, les dernières vérifications, même si ce n'est plus nécessaire. Une façon de décompresser avant le grand jour.

– J'espère ne pas me gourer, marmonne Freddy entre ses dents.

Cette possibilité gomme son sourire. Une grimace le remplace et aussitôt, une douleur incandescente lui brûle la poitrine, côté cœur.

– Arrête de déconner ! s'emporte Freddy. Sois positif !

Le sourire réintègre le visage. Quatre mois de travail ont permis d'accumuler un si grand nombre de coïncidences qu'il peut se permettre l'optimisme.

Lundi 7 juillet

Le Ford Transit est garé sur le parking de l'hypermarché Auchan. Une bonne place, perdue dans la marée d'autres véhicules. Les allées et venues des clients pressés permettent de prendre tranquillement de nombreux clichés de bonne qualité.

Freddy s'intéresse surtout aux femmes accompagnées de leurs enfants. De leurs filles. L'appareil Canon, armé de son téléobjectif, focale trois cents millimètres, semble peser une tonne entre les mains maladroites de Freddy. La vitre sans tain est placée trop haut. Il doit lever l'appareil photographique à bout de bras et se tenir en déséquilibre. La position devient rapidement pénible, les mains tremblent et les derniers clichés sont presque toujours mauvais.

Il fait peu de photos en cette fin d'après-midi. Pas assez de monde à l'extérieur. Les clients traînent dans les allées du magasin où il fait frais. Freddy consulte sa montre. Il ne dispose de guère de temps. Il doit réintégrer son bureau dans moins d'une heure. Cette nuit, il travaille et ses collègues apprécient de moins en moins quand il est en retard, parce qu'il est de plus en plus souvent en retard. Et cette situation va empirer dans les prochains jours.

Freddy range son matériel photo. Avec soin. Il ne peut s'empêcher de sourire en songeant à la surprise qu'il créerait en dévoilant le contenu du fourgon. Ni pioche, ni débroussailleuse, ni sacs d'engrais, ni… Non, le matériel dont il parle si souvent consiste en tout et pour tout en une paire de jumelles puissantes et le Canon muni de son téléobjectif.

Dans le fourgon, il y a aussi un grand lit de camp, très confortable, une paire de menottes, des cordes de nylon, des cagoules noires et des boîtes de somnifères. Il a tout prévu. Sous une couverture du lit, il a dissimulé un pistolet. Un Sig Sauer qu'il s'est procuré facilement. Le chargeur est vide. Freddy sait qu'il n'aura pas besoin de l'arme, que jamais de toute façon il ne se servirait d'une arme munie de ses projectiles. Le Sig Sauer n'est là que pour impressionner.

Si besoin est.

Tout au fond du Transit, rangé contre un des flancs du fourgon, il a installé un petit classeur métallique. Le meuble ne contient qu'un tiroir. Un tiroir précieux qui renferme la totalité des photos que Freddy a prises ces derniers mois.

Elles ont été inutiles, pour la plupart. Sauf la centaine d'excellents clichés, rangées à l'avant du classeur.

Les photos de Laura.

Vendredi 11 juillet

Il a mis du temps à la repérer. Plusieurs mois de traque. Mais ses efforts sont maintenant récompensés et Freddy se sent sûr de lui.

Il observe Laura à travers ses jumelles. Le Ford Transit est invisible, là où il l'a garé. Il a fallu s'ouvrir un chemin à travers les roseaux, aplanir le sol et même, à certains endroits, déverser de la caillasse afin de ne pas embourber le fourgon. Ce travail a exigé du temps, un nombre infini d'heures éprouvantes qu'il a dû souvent prélever sur l'horaire légal de son métier. Il sait qu'il joue avec le feu. Ça commence à devenir dangereux.

– Aucune importance, maintenant, se rassure Freddy. Je touche au but.

Ce qu'il a entrepris s'est avéré beaucoup plus compliqué qu'il ne l'imaginait. Créer ces dossiers qu'il conserve sous les photos, dans le classeur métallique, a été un travail long et épuisant. Il a dû avancer pas à pas, avec précaution, en étant perpétuellement sur le qui-vive. Il pensait naïvement que ce serait facile de poser des questions et qu'il obtiendrait des réponses claires qui le mettraient aussitôt sur la voie. Mais il y a eu l'étonnement d'un de ses collègues, au bureau. « Pourquoi tu t'intéresses tant à toutes ces gamines ? »

Il avait fallu faire marche arrière toute et changer ses façons d'agir.

Il a commis beaucoup d'imprudences. Trop. On ne fait pas d'omelette sans casser des œufs, se rassure Freddy, mais ça ne le rassure pas. Au contraire.

Ses doigts se recourbent comme des serres autour de la paire de jumelles. Une douleur sourde s'empare de sa nuque. Il a l'impression qu'une main géante lui tient la tête et essaie de le soulever.

– Bon Dieu, pas maintenant, gémit Freddy.

Il craint d'être bientôt victime d'une de ses crises. Son corps tremble. Ses muscles se raidissent. Il est presque incapable de bouger. La douleur s'accentue et elle deviendra insupportable s'il ne prend pas son médicament. Une crise dure parfois une bonne demi-heure. Il fouille sa poche, trouve la boîte de comprimés. Il l'oublie souvent au bureau. Freddy espère que ce n'est pas trop tard. Il avale deux cachets et répète d'une voix paniquée :

– Pas maintenant, je t'en supplie.

Qui supplie-t-il ? Sûrement pas un dieu quelconque. Aucun dieu ne l'a jamais aidé.

Ni personne.

Il n'a pu compter que sur lui. Sur sa volonté.

Laura porte une sorte de bermuda bleu et un T-shirt de la même couleur. Elle est dans la cour, devant sa maison. Elle s'ennuie, manifestement.

– Elle est si belle, murmure Freddy, d'une voix émue.

Laura est telle qu'il l'imagine dans ses rêves tourmentés, ces atroces rêves qui le réveillent en sursaut.

Les jumelles disposent d'un grossissement si exceptionnel que la silhouette de Laura se découpe avec une netteté parfaite à plus de cinq cents mètres. Il voit l'adolescente aller et venir, tourner en rond, grimper sur la balançoire et en descendre aussi vite. Elle crie. Elle place ses mains en porte-voix autour de sa bouche. Elle semble en colère, s'éloigne, crie à nouveau, donne un coup de pied dans la balançoire. Freddy n'entend pas. Laura s'approche de la haie qui sépare sa maison de celle des voisins. Le château Quitani. Elle agite les bras dans tous les sens. Alors Freddy comprend et constate à voix haute.

– Elle appelle le simplet. Elle veut qu'il sorte de chez lui et qu'ils entreprennent quelque chose ensemble.

Freddy déteste cette supposition. Il a souvent vu Linlin tourner autour de Laura et ça ne lui plaît pas du tout.

– Ne la touche surtout pas, je te préviens ! gronde Freddy.

Il n'aime pas ce garçon, pour plusieurs raisons. Linlin le met mal à l'aise. Un corps d'athlète, « un beau gamin », s'émeut Freddy, et un cerveau d'oiseau, des neurones qui frisent le coma. Dieu ne l'a pas aidé, lui non plus, estime Freddy et, pour cette raison, il s'en veut de détester le gosse. Il y a surtout une autre raison qui explique ce rejet. Non, plutôt deux, décide Freddy, mécontent, tout en déplaçant les jumelles afin de vérifier qu'aucun danger ne rôde dans les parages. D'abord, il a commis une grosse imprudence avec le maboul.

Il avait garé le fourgon au même endroit, au bord du lac du Serpent. C'était en mai. Il faisait très beau, pourtant il n'y avait pas un chat nulle part. Freddy marchait afin de détendre ses jambes et son corps ankylosés après des heures passées assis dans son bureau à remplir des papiers et compulser des dossiers. Il était tombé nez à nez avec Linlin. Le gosse était aussi surpris et effrayé que lui. Il montrait l'appareil photo muni de son imposant téléobjectif, puis les jumelles dont la dragonne entourait son cou. Tout cet attirail qui pendait sur son ventre était en effet à la fois impressionnant et bizarre.

– Quoi ? Quoi ? Quoi ? Quoi ? disait le gamin, comme un perroquet.

Freddy se souvient à quel point il s'était senti pâlir, presque défaillir, avant qu'une colère froide ne s'empare de lui. Cette saloperie d'idée avait surgi quelque part dans un coin de son cerveau malade : se débarrasser du gosse, le balancer dans le lac. Au dernier moment, alors que la panique l'anesthésiait, pris d'une inspiration ridicule sous prétexte qu'il se trouvait en face d'un débile, il avait dit :

– Qui tu es ? Je ne te connais pas. Je n'habite pas la région.

Linlin écarquillait les yeux. Il s'était frappé la poitrine si fort que Freddy entendait le bruit sourd des chocs.

– Linlin, moi. Si, connaît.

Puis, il avait éclaté de rire et s'était sauvé.

Freddy découvre dans les jumelles la dernière raison qui le pousse à détester le simplet.

Alice.

Une fille dangereuse que Linlin rencontre presque chaque jour. Elle utilise aussi des jumelles. Pas pour les mêmes raisons que lui, mais il l'a surprise plusieurs fois, positionnée en vigie dans la cour de sa maison, les yeux rivés à la paire de jumelles. Au début, Freddy croyait qu'elle lorgnait les garçons sur la plage, puis il s'est rendu compte que c'était impossible du fait des roseaux.

Elle est encore présente aujourd'hui, postée sur la terrasse, devant chez elle. Son frère joue avec la chienne. Il lance un morceau de bois et Odyssée s'évertue à le rapporter. Une course répétée, stupide. Une occupation d'animal, juge Freddy, puis il songe au mythe de Sisyphe et hausse les épaules. Les êtres humains et les animaux peuvent se conduire de façon semblable. Oui, il sait depuis longtemps que l'être humain est capable de se montrer aussi stupide qu'un animal et que cette stupidité peut l'amener à agir d'une façon dangereuse.

Alice est une menace. Une fille intelligente, solitaire, très différente des filles de son âge. Elle se promène souvent seule autour du lac. Freddy peut la rencontrer, par hasard, comme cela s'est produit avec Linlin. Mais les conséquences seront alors plus graves. S'il commet une erreur, si Alice est témoin de cette erreur, elle n'oubliera pas et il le paiera très cher.

Freddy, à l'aide de ses jumelles, tente de deviner ce qu'observe la jeune fille avec tant d'insistance. Il pivote la tête vers la droite, fixe son regard sur Alice, puis quand elle bouge, les jumelles de Freddy accompagnent le déplacement. Son champ visuel s'ouvre jusqu'à la maison de Laura.

– Merde ! gronde Freddy.

Pourquoi Alice surveille-t-elle ainsi sa voisine ? Une fille de treize ans ne doit guère l'intéresser. Laura s'adresse à Linlin, à travers la haie. Rien de très palpitant. Pourtant, Alice insiste. Elle a l'air très attentive. Elle ne bouge plus. Elle est aussi concentrée qu'un policier en planque. Freddy constate qu'elle rabroue son frère d'un mouvement agacé de la main droite. Il a l'impression qu'elle lui demande d'aller jouer plus loin. Comment s'appelle le frère ? cherche Freddy. Le prénom lui échappe. Il se souvient seulement qu'il porte le nom d'un acteur de cinéma d'autrefois. Sa mémoire commence à flancher sérieusement. Trop de tension, ces derniers temps.

Un lent travelling des jumelles suit Laura. Elle sort de chez elle. Parvient sur la route et attend. Une minute plus tard, Linlin la rejoint. Ils descendent tous les deux vers la plage. Laura marche devant. Linlin la suit, loin derrière.

Freddy reporte son attention sur Alice. La jeune fille surveille aussi le couple. Freddy laisse les jumelles tomber sur son ventre, déjà un peu rond. Trop de mauvais repas, de sandwichs avalés à la va-vite, pour gagner du temps. Laura et Linlin se dirigent dans sa direction. Ils ne viendront probablement pas dans cette partie sauvage et marécageuse du lac du Serpent, mais autant ne pas tenter le diable. Il a commis assez d'erreurs comme ça.

Oui, décidément Alice est une menace de plus en plus grande. Il lui faut agir très vite, maintenant. En finir.

– Demain ! décide Freddy, en grimpant dans le camion Ford.

4 - LES GENDARMES

Lundi 14 juillet

Noureddine Hallack n'en pouvait plus. La fête nationale du 14 Juillet n'y était pour rien. Drapeau, défilé et feu d'artifice devenaient cette année un folklore à la limite du supportable, compte tenu de ce que Sponge, la ville, vivait : l'angoisse de l'attente. La peur à l'état pur pouvait déboucher sur d'incontrôlables réactions des habitants de la région. La brigade de gendarmerie était à bout.

Bientôt trente-six heures sans sommeil. Et, au milieu de la matinée, ils tenaient une énième réunion dans le bureau de l'adjudant. Le chef avait convoqué la brigade presque entière. Bertrand Soubre, gendarme auxiliaire, échappait seul à l'épreuve. Il récoltait en échange l'obligation de se charger de la multitude des tâches ordinaires en attendant les renforts qu'enverrait l'escadron de Dijon. Noureddine, gendarme auxiliaire lui aussi, ne devait sa présence qu'à l'attention que le chef portait à son travail. Al l'avait à la bonne. Il se demandait pourquoi, n'ayant rien accompli d'exceptionnel depuis son affectation à Sponge. En tout cas, l'adjudant-chef n'acceptait de participer à une ronde, la plupart du temps, que si Noureddine Hallack conduisait la voiture.

Ces deux derniers jours, Hallack se serait volontiers passé de la sollicitude de Pacino, baptisé Al à cause de l'acteur de cinéma qui jouait si souvent des rôles de flic. Hervé Dulac, maréchal des logis, était entré dans le bureau en usant de sa brutalité habituelle.

– Bonjour, chef Pacino ! On n'est plus au cinéma, maintenant, mais bel et bien dans une merde noire dont on a intérêt à sortir rapidos si on tient à récupérer la gamine vivante.

– Commence pas à nous mettre la pression, si tu veux bien, avait répliqué calmement l'adjudant-chef. Posez vos fesses tous les quatre sur une chaise et on fait le point ensemble. OK ? Évitez-moi les déclarations grandiloquentes ou vos pensées intimes sur comment fonctionne ou ne fonctionne pas la gendarmerie en France. Je veux entendre des faits, rien que des faits, point barre.

En dépit du calme affiché, les maxillaires d'Al se tendaient comme ceux d'un flic dans un film. Noureddine n'avait pu s'empêcher de songer à ça, ce qui l'avait fait sourire. Le chef avait surpris ce sourire et son regard appuyé traduisait son mécontentement.

Deux brigadiers complétaient l'assistance. Camille Carole, que le maréchal des logis, prenant prétexte des deux noms à consonance féminine, appelait parfois « Trans ». « T'es qu'un con, Hervé, avec tes allusions minables, lui avait dit Carole, la première fois. Les transsexuels t'emmerdent et emmerdent ton humour de gros sel. »

Ça n'empêchait pas Hervé Dulac d'utiliser de temps en temps le surnom, mais il l'accompagnait d'un demi-sourire sucré censé dire : « Camille, je rigole. »

L'autre brigadier se nommait Gaël Aubac. Un homme silencieux, solitaire, qui rêvait d'accomplir un tour du monde à la voile parce que son père avait été pêcheur breton sur un chalutier à Paimpol et que le bateau avait sombré au cours d'une tempête, noyant les six hommes d'équipage. Les noms figuraient sur le Mur des Trépassés du cimetière de Ploubazlanec et Gaël affirmait, avec les yeux flous des rêveurs poursuivant une chimère : « Plus tard, je vaincrai la mer. Je ferai le tour du monde à la voile, en solitaire, et ce sera le cadeau que j'offrirai à papa qui m'attend là-haut, dans son paradis. »

L'adjudant frappa la surface de son bureau du plat de ses deux mains. La réunion débutait. Son regard louvoya d'un gendarme à l'autre, se posant deux ou trois secondes sur chacun des visages fatigués. Il semblait ainsi les sonder, se demander quelles forces ses hommes conservaient dans leurs tripes. Est-ce que leurs épaules seraient assez larges pour supporter ce qui leur dégringolait dessus ?

Noureddine, ému par la détresse qui voilait le regard de son supérieur hiérarchique, pensa : « Non, Al, ce qui se produit est un trop gros morceau pour nous. Désolé, mais on court droit au casse-pipe. »

– Nous manquons de chance, commença Pacino, en émettant un épais soupir qui fit voleter la feuille posée sur le bureau, devant lui.

– Ça, on peut le dire, Al ! s'exclama Carole, infiltrant deux de ses longs doigts maigres sous la chemisette bleue réglementaire.

– Je ne pensais pas seulement aux soucis et au travail qui nous attendent, brigadier. Non, je pensais…

Le regard de l'adjudant s'offrit un autre travelling sur les visages tendus de ses subordonnés, avant de poursuivre.

– Je pensais que nous sommes tous très jeunes. La brigade est nouvelle, ce qui est une bonne chose par certains côtés mais une très mauvaise dans ce cas de figure.

– Pourquoi ? demanda naïvement Aubac.

Pacino haussa ses épaules massives.

– Hervé et toi êtes les seuls mariés.

Les gendarmes s'observèrent brièvement à la dérobée avant de considérer leur chef. La tournure de la réunion les inquiétait. Parfois, Al se désintéressait du travail qu'il était censé diriger et ils perdaient alors leur temps en discussions stériles sur des sujets qui ne concernaient pas la brigade. Quel rapport le mariage ou le célibat pouvaient-ils avoir avec la disparition de Laura Dagret ? Le maréchal des logis Dulac s'agita sur sa chaise avant de commenter, sans prendre de gants :

– On enclenche le sujet mariage ou on essaie de trouver une piste menant à la gamine ?

L'adjudant fixa son subordonné en plissant le front, comme s'il se demandait pourquoi Hervé Dulac était dans son bureau.

– Je constate simplement, Hervé, que vous êtes deux à vivre en couple et qu'aucun de nous n'a d'enfants. Ce qui m'amène à penser que nous ne sommes pas les mieux placés pour enquêter sur la disparition d'un enfant et pas les mieux placés non plus pour savoir comment réagit une famille. Une mère, un père.

Dulac renifla. Son visage, déjà empâté à vingt-cinq ans, ne montra aucun signe de désaccord ou d'exaspération. Le gras des joues éteignait ses expressions.

– Pas les mieux placés ? C'est exactement ce que pense Dijon qui compte nous reprendre l'enquête d'ici quarante-huit heures. Pour eux, nous ne sommes que des ploucs, très mal placés, comme tu le dis, et ils tireront les marrons du feu si on ne se bouge pas les fesses plus vite et plus sérieusement. Essayons de retrouver la gamine avant qu'ils ne récupèrent le dossier.

L'adjudant leva le bras droit en signe d'apaisement.

– J'y viens, Hervé. S'énerver ne fait que compliquer nos problèmes. Nous sommes ici pour faire le point. Avant que chacun ne me fasse son rapport…

– On a déjà dit cent fois la même chose, Al ! coupa Camille Carole.

Pacino considéra avec insistance Noureddine Hallack. Il attendait manifestement une intervention de sa part. Nour n'en ferait rien. Il connaissait les susceptibilités de ses collègues. Il était le seul non gradé présent et la ramener avant qu'on ne l'y autorise ne serait pas une bonne idée. Ce n'était pas le moment de compliquer la situation en grattant l'orgueil des autres gendarmes. Laura y perdrait une chance de plus de survivre et le salopard responsable de sa disparition gagnerait une chance de plus de s'en tirer. Pacino leva à nouveau le bras et dit :

– Ça fera cent une fois, brigadier Carole, et je crains que ce ne soit pas la dernière. Donc, je reprends mon exposé. Je vous résume à grands traits la situation depuis samedi 12 juillet, vingt et une heures. Si je commets une erreur, vous corrigez. Si j'oublie un détail, vous intervenez. Si…

Une grimace de lassitude écorna son visage.

– Si un éclair de génie vous traverse l'esprit et dévoile la solution, n'hésitez pas à m'interrompre et à m'éclairer.

« On dirait que le chef se retient de pleurer », songea Noureddine Hallack. Il reconnaissait le ton de l'ironie glacée que son supérieur adoptait chaque fois qu'il était déprimé. Il l'était souvent, jugeant démoralisant son métier de gendarme. Trop d'échecs, selon lui. Parfois, au cours d'une ronde, Pacino cessait de téter sa clope et abandonnait son mutisme afin de livrer une de ses rares confidences : « Nour, dis-moi à quoi on sert, nous, les gendarmes, quand nous ne sommes pas fichus d'empêcher que des actes immondes se produisent ? Quand nous ne sommes pas fichus d'arrêter les coupables ? Quand nous ne sommes pas fichus de venir en aide aux parents des victimes ? » « On sert à mettre des PV », répliquait Hallack, en se forçant à rire, afin de tordre le cou à une discussion déplaisante.

L'adjudant frotta son menton enduit d'une barbe de quarante-huit heures. L'étirement de la peau creusa davantage les poches de manque de sommeil, sous les yeux. Il commença son exposé d'une voix morne, comme s'il lisait un texte dépourvu d'intérêt.

– Les parents de Laura nous signalent à vingt et une heures que leur fille n'est pas rentrée à la maison. Ils la laissent assez libre l'été, la seule consigne étant de ne jamais s'éloigner du lac du Serpent et de réintégrer le domicile au plus tard à dix-neuf heures. Laura a toujours respecté ces règles. Nous envoyons une patrouille. Les recherches n'aboutissent pas. Vers vingt-trois heures, j'émets la possibilité d'une fugue.

Pacino déploya les mains devant son visage afin d'exprimer son désarroi.

– Irène, la mère, est formelle quant à cette possibilité, intervint Camille Carole. Elle assure qu'une fugue de sa fille est impossible, pourtant Xavier, le père, se contente de hausser les épaules.

– L'hypothèse d'une banale fugue d'adolescente mal dans sa peau a été rapidement écartée, Camille, admit le chef de la brigade. Une fille blonde, dans un endroit si peu fréquenté à partir de dix-neuf heures, parcourant les six kilomètres de route menant à Sponge, aurait été remarquée. Nous abandonnons aussi l'idée de la noyade accidentelle. Laura Dagret nage comme un poisson. Elle détient même plusieurs médailles de natation en catégorie benjamine.

L'adjudant roula le feuillet posé sur le bureau. Le déroula. Le roula encore. Il tourna la tête vers la fenêtre grande ouverte, marmonna : « Il fait une putain de chaleur à crever ici », puis reprit son exposé :

– À minuit, l'escadron de Dijon nous envoie des renforts, soit vingt hommes de plus issus de la brigade de recherches, donc des spécialistes. Ça ne donne rien. À deux heures du matin, le dimanche, Jean-Alain Quitani, disparu lui aussi, réapparaît, mais…

La feuille roulée désigna Dulac.

– Mais Hervé fera le point sur lui tout à l'heure. Le dimanche matin, à onze heures, le colonel de gendarmerie de Dijon, Alain Grousse, faute d'éléments nouveaux, décide de lancer le plan Alerte Enlèvement.

– Quel bordel à Sponge ! soupira Aubac.

– Et pour que dalle ! s'énerva Dulac. La gamine n'est pas à perpète, j'en mettrais ma main au feu.

Il brandit l'index de la main gauche, l'agita comme s'il maniait son pistolet devant la poitrine d'un suspect nerveux.

– Elle est là, proche de nous…

Sa tête pivota vers la droite puis vers la gauche. Son regard perdit de son éclat, sa main retomba et la voix fléchit :

– Laura est proche de nous, vivante ou morte, mais elle n'a pas quitté la région, je le sens.

« Vivante ou morte. »

L'alternative, que chacun avait à l'esprit, creusa un puits de silence. Noureddine Hallack se sentit incapable de conserver ça en tête. Il prit la parole afin d'effacer l'infecte phrase du maréchal des logis.

– On sait que les premières vingt-quatre heures qui suivent un enlèvement sont cruciales. C'est bien que Dijon ait déclenché le plan Alerte Enlèvement dès hier. La France entière sait maintenant que Laura a disparu. Les messages à la radio, à la télévision, sur les panneaux des gares et des autoroutes… tout ce déploiement ne peut pas rester lettre morte. Une adolescente blonde de treize ans, ayant une allure de jeune fille… Je ne vois pas comment elle passerait entre les mailles de ce filet.

– À moins que le salaud… commença le brigadier Aubac, avant de s'interrompre, de se masser le visage et de lorgner ses collègues.

Aucun ne développa sa pensée. Le silence se réinstalla. S'éternisa. Tous avaient l'impression de tourner en rond.

– Vivement que ça soit fini, marmonna enfin Carole.

Pacino prit le paquet de cigarettes posé devant lui. Il mit un temps fou à en choisir une, à l'allumer.

– Vous pouvez vous servir si ça vous tente.

Les gendarmes ne firent pas un geste. L'adjudant tira deux bouffées, dit : « Désolé, j'en ai besoin », puis, après s'être éclairci la gorge :

– Nous en sommes là. J'ai abrégé les péripéties de cette nuit puisque vous les connaissez aussi bien que moi, mais ça n'empêche pas que je veux réentendre vos rapports, du moins l'ossature, sans entrer dans les moindres détails. Dans l'ordre, ce sera Hervé, Nour, Camille, Gaël. Vous écoutez attentivement celui qui expose les grandes lignes. Un point particulier peut attirer votre attention.

Le maréchal des logis Dulac secoua la tête à plusieurs reprises. Il semblait se persuader de la justesse des propos qu'il allait tenir. Nour n'aimait pas Hervé. Un type mince, bronzé, genre beau gosse de magazine, avec ses cheveux mi-longs soigneusement peignés et ses dents d'une blancheur de bac à douche neuf. Un seul détail atténuait la perfection de l'image : un visage trop gras. Dulac était sûr de lui. Toujours. Il plaquait un sourire sur ses lèvres, même quand il se mettait en colère, et disait des choses désagréables. Mais ce sourire d'animateur d'une émission de télévision parvenait mal à masquer la lueur de mépris qui brillait dans ses yeux.

– Vous connaissez mon opinion, chef, déclara Dulac. Je crois que la brigade, dans son ensemble, est d'accord avec mon hypothèse. Il est évident que l'absence de Linlin, coïncidant avec la disparition de Laura, implique que le fada est dans le coup. J'ignore précisément ce qu'il en est, ce qu'il a fait, mais un orage a éclaté cette nuit-là dans la tête du garçon. Il n'a pas l'air de se rendre compte de la situation. Pour lui, ce n'est rien qu'un jour de plus dans la vie d'un pauvre fou.

Pacino toussota, puis frappa la surface de son bureau du plat de la main. Une détonation.

– Bordel, Hervé, des faits ! Tes états d'âme, tu te les gardes jusqu'à ce qu'ils soient étayés par des faits ! Quant à la brigade, si je ne m'abuse, elle n'est pas si d'accord que ça avec ton hypothèse.

La soudaine colère de l'adjudant ressuscita le sourire artificiel du maréchal des logis. C'était comme si une main invisible appuyait sur un bouton.

– Les faits, chef, parlent d'eux-mêmes si on se donne la peine de les examiner, dit Dulac, avec une lenteur calculée. Les parents de Linlin se sont absentés une grande partie de l'après-midi. Le garçon a profité de sa liberté. Le samedi matin, déjà, on l'a vu traîner sur la plage. Tout le monde sait que son handicap mental en a fait un obsédé sexuel.

– Ah bon ? fit Camille Carole. Précise un peu qui tu entends par « tout le monde ».

Dulac ne regarda même pas son collègue.

– Inutile de jouer au con, Trans. Tu en sais aussi long que nous et les personnes qui ont l'habitude de fréquenter le lac du Serpent connaissent aussi le problème.

Le maréchal des logis tapota le mince carnet déposé sur ses genoux, mais ne l'ouvrit pas.

– Là-dedans, j'ai une flopée de témoignages. Des femmes qui se baignaient ou bronzaient ont eu des soucis quand ce pauvre fou est arrivé sur la plage. Le matin même de la disparition de Laura, trois sœurs ont remarqué que Linlin tournait autour d'elles. Un jour, un type a voulu le boxer parce qu'il reluquait sa femme en la déshabillant du regard. Bon, je ne vais pas poursuivre cette énumération jusqu'à demain puisque vous connaissez ça aussi bien que moi. Les parents de Laura disent que Linlin était sans cesse après elle, qu'il la matait, la suivait dès qu'elle descendait au lac.

– L'attitude de Laura n'était pas toujours très nette, intervint Noureddine Hallack. Son voisin était devenu un jouet.

– Pousse pas, Nour ! Laura est une gamine de treize ans, pas je ne sais quoi de... Ne retourne pas la situation. Que tu le veuilles ou non, Linlin disparaît l'après-midi entier. On l'aperçoit traversant le lac en canoë. Il rentre, assiste à la lecture d'un bouquin qu'Alice fait presque chaque jour, puis redisparaît pendant plus de huit heures. Or, Laura disparaît elle aussi au même moment. Elle est vue une dernière fois aux alentours de dix-huit heures. L'évidence saute aux yeux, sauf à ceux des parents du garçon, évidemment, qui protestent, affirment que leur fils disparaît longtemps quand ils sont absents, comme s'il profitait de sa liberté, voilà pourquoi ils ne se sont pas inquiétés au début et bla-bla-bla, le blabla habituel d'une famille confrontée à de gros soucis.

– Ton évidence me déplaît, Hervé, coupa Gaël Aubac.

– Elle ne me plaît pas non plus, Gaël, riposta Dulac. Mais ça ne sert à rien de refuser les évidences troublantes, sinon à foncer droit dans le mur. En tout cas, aussi pénible que cela soit, moi, je suis prêt à suivre ce chemin-là avant que les cow-boys de la Brigade d'investigations judiciaires de Dijon ne s'élancent sur la fausse piste d'un pervers quelconque épinglé dans leurs fichiers ou celle d'un rôdeur de passage qui aurait croisé le chemin de Laura.

La main de Pacino s'abattit comme une massue sur le bureau. Les gendarmes sursautèrent.

– Tu agiras comme on le décidera, Hervé, et même comme les cow-boys de Dijon, comme tu dis, décideront ! Noureddine, à toi.

Nour se surprit à rougir, non seulement parce qu'on lui donnait la parole avant le brigadier Camille Carole, mais aussi parce qu'il devrait parler d'Alice, une fois de plus, et Pacino savait que la jeune fille ne le laissait pas indifférent. « Un gendarme ne devrait pas s'intéresser aux femmes, avait dit Al, au cours d'une de leurs rondes, alors que Nour s'était montré trop exubérant avec Alice. La vie d'un flic devient vite insupportable pour une femme et ça se termine en divorce. »

Nour avait ri. Un rire coincé. Mais Al, en dépit des questions que posait son gendarme auxiliaire, n'avait plus prononcé un mot. Il s'était contenté de mâchonner sa clope en regardant défiler le paysage.

– J'ai interrogé la famille Amiliane, commença Noureddine, en fixant le bloc-notes ouvert sous ses yeux et sur lequel ne figuraient qu'une dizaine de lignes composées de mots tassés les uns contre les autres et quasi illisibles par d'autres. Lucie, la mère, est du genre sauvage. Il faut lui arracher les mots de la bouche. Elle était à la maison, n'a pas mis le nez dehors du fait de la chaleur qu'elle supporte difficilement. Elle n'a donc rien vu, rien entendu.

– Accélère, Nour ! proposa Dulac.

Noureddine tourna à peine la tête. Il reprit la parole en parlant plus lentement. Hervé l'horripilait.

– Noé, le père, est davantage explicite. Il assure que Linlin est un gentil garçon, que son attitude envers les filles est des plus classiques à son âge.

– Ben voyons, ricana Dulac.

– Et que son handicap le perturbe sans doute un peu plus parce que le garçon est intelligent, assez pour craindre que les femmes lui demeurent un territoire interdit. Noé Amiliane a passé une grande partie de son après-midi au sous-sol de la maison, en compagnie de son fils Gabin.

Noureddine leva la tête et fixa son chef en rougissant à nouveau, comme si ce qu'il allait dire était si idiot que les gendarmes riraient et l'accuseraient de sélectionner des informations ridicules au détriment des choses essentielles. L'auxiliaire incapable.

– Le papa aide Gabin à construire un sous-marin, le *Nautilus*.

– Manquait plus que ça ! grogna Gaël Aubac. Le *Nautilus*… L'arche de Noé serait plus dans ses cordes !

Les autres gendarmes ne bronchèrent pas. Aucun sourire. Trop d'épuisement pour plaisanter. Nour hocha la tête.

– Gabin dit que Linlin est gentil, qu'il… qu'il caresse les fleurs dans le jardin.

– Passe à la fille, conseilla le brigadier Camille Carole, en clignant de l'œil.

« Encore un collègue, songea Nour, qui est au courant de l'intérêt que je porte à Alice. » Il rendit crânement son clin d'œil à Carole avant de poursuivre l'exposé de ce qu'il avait appris.

– Alice connaît bien Jean-Alain. Sans doute est-ce elle qui non seulement le connaît le mieux, en dehors de ses parents, mais elle a créé des liens très forts et particuliers avec ce garçon. Une sorte de complicité, selon madame et monsieur Quitani. Elle l'a rencontré une dernière fois aux alentours de dix-sept heures, afin de poursuivre la lecture du roman entamé quelques jours avant. Ils se sont séparés peu après. Elle ne se souvient pas de l'heure exacte, mais…

Nour considéra le maréchal des logis et poursuivit sans le quitter des yeux :

– Alice affirme que Linlin ne ferait pas de mal à une mouche et encore moins à sa voisine, Laura Dagret, qu'à quiconque. Il éprouve une véritable admiration pour Laura et a plutôt peur d'elle tellement elle l'impressionne.

– Ben voyons, redit Dulac, en se massant la nuque. Les familles Quitani et Amiliane se fréquentent. Alice est la copine de Linlin. Tout ça ne mène pas à grand-chose.

Pacino inclina la tête, fit : « Ouais... ouais... on piétine... À ton tour, Gaël. »

Le brigadier mesurait un mètre soixante-dix, tout juste la taille minimum requise pour devenir gendarme, pourtant ils eurent l'impression qu'il rapetissait encore de quelques centimètres. Il parut se tasser sur sa chaise, comme écrasé par le poids de l'enquête menée autour du lac du Serpent. S'exprimer devant ses collègues était toujours une épreuve. Aubac était un homme de dossiers. Un bureau, un ordinateur, lire et écrire.

– Pas grand-chose à vous apprendre, annonça le brigadier. Vous connaissez l'essentiel, mais bon puisque le chef insiste... Les parents de Laura sont évidemment effondrés. Irène Dagret est assommée à la fois par l'événement et par les médicaments dont elle se nourrit. Le père, Xavier, n'est pas dans un état mirobolant lui non plus. Le couple demeure persuadé que Linlin joue un rôle important dans la disparition de leur fille, mais quand on leur demande « À votre avis, où a-t-il pu l'entraîner, la cacher ? » ils fondent en larmes.

– On se pose tous la question, intervint l'adjudant un peu sèchement, et si on avait une idée...

Il haussa les épaules avant de poursuivre, en fusillant du regard le brigadier.

– Jusqu'à présent, le ratissage du coin entrepris par les premiers renforts de gendarmerie n'a rien donné. L'armée nous envoie une trentaine d'hommes supplémentaires. Mais la zone est vaste, couverte de roseaux, la forêt est proche, il y a des champs en culture…

– Et le lac à sonder, intervint Carole.

– Une équipe s'y colle cet après-midi, précisa Pacino.

Personne n'osait traduire en mots brutaux ce qu'impliquaient ces recherches, puisque Laura savait nager. En revanche, chacun voyait des images s'imprimer sur ses rétines. Aubac prit la décision de rompre la tension qui devenait insupportable.

– Je ne parviens pas à croire que ce garçon aurait pu faire du mal à sa voisine et se débarrasser du corps.

– Lui, non, dit Nour, mais un rôdeur de passage pourrait faire ça, disparaître et penser qu'il ne risque plus rien si la version « noyade accidentelle » l'emporte.

– Un rôdeur… un rôdeur… moi je veux bien, s'énerva Dulac, mais putain pourquoi creuser l'hypothèse Linlin vous fait si peur ?

Silence et nouvelle tension. Puis, l'adjudant :

– C'est un gosse, Hervé. Un gosse de dix-sept ans et une fille de treize ans. Je ne crois pas non plus à cette version.

– Mais… commença le maréchal des logis.

Pacino mit les deux mains devant lui, en écran.

– Stop !

Il repoussa son fauteuil, se leva, écarta les jambes et croisa les bras. Tous connaissaient les manies de l'adjudant : il allait délivrer sa conclusion et ce serait impossible de prolonger la discussion.

– Nous ne progressons pas d'un millimètre. Jean-Alain Quitani sera entendu une nouvelle fois en début d'après-midi. Dulac et Carole se chargeront de l'interrogatoire. Je ne pense pas que d'ici là les recherches auront abouti, donc attention à vous et aux tâches qui seront les vôtres. La brigade « Unité de recherches » de Dijon pousse pour une garde à vue du garçon d'au moins vingt-quatre heures. Si elle a lieu, c'est eux qui mèneront les interrogatoires. À vous Dulac et Carole d'être clairs après cette dernière rencontre tout à l'heure avec Linlin. Selon ce que vous obtiendrez, je dis OK pour la garde à vue ou je refuse.

Les quatre gendarmes se levèrent.

– Tu peux compter sur moi, Al, dit Dulac. Je viderai le pourri que ce pauvre fou a dans la tête.

L'excitation gagnait Noureddine Hallack, en dépit de la fatigue qui lui coupait les jambes. Jamais, en atterrissant à la brigade de Sponge, il n'avait pensé vivre de pareils moments. « Un bled paumé, sans grand-chose à attendre d'une affectation là-bas, avait commenté le lieutenant qui dirigeait la formation des nouveaux gendarmes à l'école de Chaumont. Tu connaîtras le purgatoire durant trois ou quatre ans et après tu obtiendras mieux si tu te montres compétent et efficace. »

Il s'était gouré ! Et comment ! Nour se trouvait mêlé à une enquête dont parlait la France entière. Tous les quarts d'heure, un bandeau Alerte Enlèvement défilait sur les chaînes de télévision. Des annonces étaient faites sur les radios, des messages apparaissaient sur les panneaux d'autoroutes. Des dizaines de gendarmes et bientôt des militaires fouillaient non seulement la zone du lac du Serpent, mais étendaient leurs recherches plus loin : la forêt, les cabanes de chasse, les champs de maïs. Une unité de plongeurs spécialisés était attendue. Et le nœud central de ce déploiement était la brigade de gendarmerie de Sponge !

– Un sacré cirque ! commentait Gaël Aubac. Vivement la fin.

Nour espérait aussi que ce chambard se terminerait au plus vite. Mais il songeait à sa carrière de gendarme. Si la brigade se montrait efficace, il ne resterait pas longtemps gendarme auxiliaire.

Nour essayait de penser le moins possible à Laura Dagret, à l'adolescente qu'il avait si souvent croisée, sinon son excitation tombait. L'angoisse la remplaçait. Il n'avait jamais beaucoup apprécié la gamine. Trop femme avant l'heure. Trop culottée. Trop sournoise.

– T'es arabe, toi ? avait-elle demandé à Noureddine, au cours d'une ronde qu'il entreprenait avec le maréchal des logis.

– Il paraît, avait répondu Nour.

– Les cheveux bouclés noirs, j'aime pas du tout, avait dit la gamine, en lui jetant un regard de dédain.

– Ça tombe bien que tu sois blonde, alors, avait répliqué Nour.

Ne pas aimer la fille n'empêchait pas l'écœurement, la colère, la peur et tant d'autres sentiments que provoquait sa disparition.

Et il y avait Linlin. Nour, au contraire, aimait bien Jean-Alain, cette liberté qu'il avait réussi à conquérir auprès des adultes, en dépit de son handicap mental. Le garçon semblait désireux d'embrasser la vie.

« Semblait ? » réfléchissait Nour, soudain moins sûr de lui. Ce qui arrivait à Jean-Alain pouvait détruire l'édifice fragile de tout ce que ses parents et lui avaient construit. Cette pensée redonnait de l'énergie à Noureddine Hallack. Il fallait aider Linlin, même s'il était responsable d'une grosse connerie. C'est le moins que les adultes lui devaient après ses dix-sept années de galère.

Pour cette raison, Nour avait obtenu l'autorisation d'assister – de l'extérieur – à l'interrogatoire de Linlin.

– Un regard externe, chef, peut relever un détail qui échapperait à Carole et Dulac trop soucieux de poser les bonnes questions. J'aimerais comprendre ce qui est arrivé à ces deux gosses.

– Tout le monde aimerait comprendre, Nour, avait bougonné Pacino. Nous sommes dans une situation épouvantable et je ne crois pas que nous en sortirons indemnes.

La brigade de Sponge, cinq jeunes flics sans expérience, perdus dans un bled ignoré du reste de la France jusqu'à maintenant...

Al avait émis un ricanement débordant d'amertume.

– Ici, à Sponge, on est à des années-lumière de ces conneries de films policiers.

Les gendarmes connaissaient le goût immodéré que Pacino avait pour ce genre de films, sans comprendre d'ailleurs pourquoi il en voyait autant, alors qu'il s'empressait de les débiner à chaque occasion.

L'adjudant avait cependant accepté, sans enthousiasme, la proposition de son gendarme auxiliaire et Noureddine Hallack se tenait donc derrière la vitre qui donnait sur la salle où se tiendraient les interrogatoires.

Linlin, d'abord, puis Alice.

– Je veux recouper les déclarations de ces deux-là, avait annoncé le maréchal des logis. Leur complicité me trouble. J'aimerais m'assurer qu'elle ne cache pas quelque chose.

Nour n'assisterait pas à l'interrogatoire d'Alice. La jeune fille attendait, assise dans un couloir. Elle avait souhaité venir à la gendarmerie et répondre aux questions en dehors de la présence de ses parents. Il était passé devant elle.

– Bonjour, Alice.

– Bonjour, monsieur.

Ce « monsieur », froid et distant, l'avait désarçonné. Il ne s'était pas arrêté pour lui parler.

Noureddine Hallack entendit du bruit. Il s'effaça, afin qu'on ne le voie pas depuis la salle meublée seulement d'un bureau garni d'un ordinateur et de trois chaises. Celle réservée à Linlin était disposée de telle façon que le jeune homme pouvait à peine voir la vitre à travers laquelle Nour l'espionnerait.

Le gendarme se pencha et regarda qui venait d'entrer. Carole marchait en tête, puis Linlin et Dulac derrière lui, donnant l'impression de l'empêcher de fuir ! Le garçon paraissait détendu. Il souriait. Il se tourna avec vivacité, sans raison, et découvrit Nour, pas assez rapide pour reculer à temps. Linlin fit de grands moulinets amicaux du bras droit et éclata de rire. Alors, Noureddine Hallack eut la certitude que l'adolescent n'était pour rien dans cette histoire de disparition. Il pensa aussitôt aux parents Quitani noués d'angoisse qui attendaient dans une autre pièce que les gendarmes finissent de torturer leur fils. L'excitation que ressentait Nour se résorba aussitôt pour laisser place à la colère.

Le maréchal des logis Dulac comptait lui aussi faire rapidement carrière et exploser les grades de la profession. « Il est hors de question que je moisisse longtemps dans ce trou du cul du monde », était une de ses phrases fétiches. Le trou du cul du monde en question étant Sponge, les commerçants de la ville appréciaient modérément d'entendre la profession de foi du gendarme quand il achetait son pain ou son bifteck.

Camille Carole, en revanche, était dépourvu de la moindre ambition. Il fréquentait une jeune fille nommée Patricia et Patricia tenait une boutique de spécialités bourguignonnes « qu'elle ne quitterait pas pour un empire », selon son expression fétiche à elle. Or, Carole était décidé à ne jamais quitter Patricia, fût-ce pour un empire.

Les deux gendarmes étaient assis en face de Linlin, derrière le bureau. Dulac parlait, Carole prenait des notes qu'il pianotait de temps en temps sur le clavier de l'ordinateur.

– Mais pourquoi tu rigoles, bordel, Linlin ? s'énervait le maréchal des logis. Tu crois que la situation donne envie de rire ? Tu as disparu pendant plus de huit heures dans la nuit de samedi à dimanche ! Laura a disparu au même moment, ou presque, mais elle, contrairement à toi, ne réapparaît pas ! Donc, tu sais des choses que nous ignorons. Tu as nécessairement vu Laura.

Linlin ne riait pas. Son visage arborait une sorte de sourire énigmatique, semblable à celui de la Joconde qui, effectivement, suggérait que le garçon avait connaissance de faits que la gendarmerie ignorait.

– Oui, vu ! dit Linlin. Tout vu !

Il répétait « tout vu » pour la dixième fois. Carole constata que le mystérieux sourire s'effilochait au fil des répétitions. Linlin l'émouvait. Il avait l'habitude de le voir en short, très souvent torse nu, et là, il portait un jean noir, un T-shirt noir et surtout des chaussures de cuir aussi brillantes que s'il se rendait à un mariage. Carole poussa le coude de son collègue.

– On n'arrivera à rien, Hervé. Tu constates comme moi qu'il est incapable de formuler une phrase. Que veux-tu que je fasse de ces épluchures de mots que je balance sur l'écran ?

– Mais si ! Il le faut puisqu'il a tout vu. Je ne sais pas ce qu'il entend par là, mais si on parvient à lui faire cracher ce qui lui encombre les tripes...

Les gendarmes s'exprimaient comme si Linlin était un arbre planté devant eux. Comme tant d'autres personnes, ils oubliaient que son incapacité à formuler une idée n'était pas toujours une incapacité à comprendre celles qu'ils exposaient.

– Tu as vu quoi, au juste, Linlin ? questionna Dulac, en se penchant par-dessus l'étroit bureau comme s'il s'apprêtait à mordre le jeune homme.

– Secret, secret, secret...

– Stop ! Fais chier ce cirque ! T'as vraiment la tête pourrie, hein ?

Carole poussa une feuille de papier vierge et un stylo vers Linlin et dit gentiment :

– Dessine ce que tu as vu si tu n'arrives pas à le raconter. Tu dessines ce que tu as en tête, peu importe comment.

– Secret, secret, secret.

– Stop, bordel, Linlin ! cria Dulac.

Il soupira, excédé. Afin de calmer sa nervosité, il joignit les mains, souffla sur l'extrémité de ses doigts. Puis, soudain, alors que la tension retombait, le maréchal des logis percuta de son poing droit la paume ouverte de sa main gauche. « Impressionner le gosse », traduisit Carole. Le ridicule de la tentative le fit sourire. Linlin en avait probablement vu d'autres au long de ses dix-sept années d'handicapé mental.

– Tu m'écoutes attentivement une dernière fois, Linlin, dit le maréchal des logis, en détachant les mots comme s'il s'adressait à un môme de quatre ans. Tu as disparu pendant cette fameuse nuit. Laura a disparu. Tu es sans cesse en train de mater cette fille. Tu la suis. Tu la harcèles. Tu harcèles toutes les femmes qui se baignent dans le lac du Serpent. Il marqua une pause. Grogna : Tu comprends ce que je te dis ?

Linlin hocha la tête, murmura :

– Comprends.

– Le brigadier et moi nous t'avons même surpris à poil, un jour. Tu te souviens ?

– Oui, dit Linlin. Anguille.

– Laura a disparu, poursuivit Dulac, on ne la retrouve pas et tu sais ce qui lui est arrivé.

– Tout vu, dit Linlin, en inclinant la tête.

Il recula sa chaise. Il semblait redouter qu'un des gendarmes ne le frappe.

– T'es bien où tu es, intervint Dulac. Rapproche ta chaise du bureau.

Linlin obéit et dit :

– Camion blanc. Photos.

Il arrondit ses mains autour de ses yeux et observa les gendarmes comme s'il les voyait à travers des jumelles. D'ailleurs, il précisa aussitôt ses intentions :

– Jumelles, photos, Laura.

– Putain, quel cirque, se découragea Dulac.

Camille Carole notait les mots. Il parla en épluchant les touches du clavier.

– Peut-être pas, Hervé. Peut-être que tout ça a un sens qui nous échappe.

Il montra la feuille, le stylo, dit :

– Dessine-moi le camion, s'il te plaît. Ce que tu as vu aussi : les jumelles, les photos. Ça me ferait vraiment plaisir et tu nous aiderais énormément. Je suis ton ami, Jean-Alain, je te le jure.

Le garçon secoua vigoureusement la tête, de façon négative.

– Ce n'est pas sympa, grimaça Carole. Je ne te demandais qu'un petit dessin de rien du tout. Dis-moi au moins pourquoi tu es resté si longtemps hors de chez toi, à traîner autour du lac du Serpent ou je ne sais où.

– Secret, répondit Linlin.

Il hésita, murmura :

– Laura... Laura perdue... perdue Laura...

Des larmes apparurent dans ses yeux.

– Mais non, mais non, temporisa Carole. Si tu nous aides, nous la retrouverons.

Un sourire remplaça la menace des larmes. Dulac fit signe à Carole de la boucler et de le laisser mener l'interrogatoire.

– Écoute-moi à fond, Linlin. Tu nous caches quelque chose d'important et j'ai l'impression que tu te fous de nous en jouant le neuneu encore plus neuneu que tu l'es réellement. Maintenant, on ne rigole plus. As-tu fait du mal à Laura ? Où est-elle ? Que s'est-il passé ? Tout peut encore s'arranger si tu nous parles et la vie reprendra comme avant. Personne ne t'en voudra parce qu'on sait que tu as des problèmes. Mais, attention : tu n'as plus que deux solutions. Ou tu te débrouilles pour nous dire vite ce qui est arrivé et tu nous conduis à l'endroit où... là où tu as laissé Laura, quoi. Où on t'enferme dans une cellule pour une garde à vue de quarante-huit heures.

– Hé, calmos Hervé ! s'emporta Carole. Tu vas où, là ?

– Ferme-la cinq minutes, Trans ! je te conseille de ne pas oublier que je suis ton supérieur hiérarchique.

Le maréchal des logis quitta sa chaise, contourna le bureau et vint auprès de Linlin.

– Quand Alice est partie après la lecture de l'après-midi...

– Secret, coupa Linlin.

– Moi, je crois qu'après le départ d'Alice de chez toi, tu as attiré Laura hors de chez elle, je ne sais pas comment tu t'y es pris, mais elle t'a suivi, tu l'as entraînée dans un endroit quelconque et tu l'as violée.

– Calmos Hervé ! répéta Carole. Si tu continues à lui parler ainsi, maréchal des logis ou pas, je me tire et je fais un rapport à Al.

Dulac fit celui qui n'entendait pas.

– Alors, Linlin, je t'écoute les oreilles grandes ouvertes. C'est le moment ou jamais de mettre de l'ordre dans ton ciboulot. Tu as fait quoi, tu as vu quoi ?

– Vu tout, s'agita Linlin, en brassant l'air de ses bras. Camion blanc, photos, jumelles, tout, secret.

– Et merde ! explosa Dulac.

– On arrête, Hervé. Le garçon se polarise sur une idée fixe et pédale dans le yaourt. En outre, j'ai l'impression qu'il a de plus en plus peur de nous.

Une fois encore, le maréchal des logis parut ne tenir aucun compte de la remarque du brigadier. Il se dirigea vers la vitre découpée dans une partie de la cloison située derrière Linlin. Il la fit coulisser.

– Nour, tu demandes au chef de venir. Le gosse répète sans arrêt qu'il a tout vu. Il parle d'un camion, de photos, un bazar qui montre le merdier dans sa tête, n'empêche qu'il sait quelque chose. Pendant la garde à vue, on réussira à extirper la vérité d'une façon ou d'une autre. Selon ses parents, Linlin est parfois capable d'écrire. Je propose qu'on l'aide à écrire une confession.

Camille Carole entendit Nour s'exclamer :

– Non mais t'es pas bien !

Le maréchal des logis revint près du bureau.

– Le brigadier et moi nous nous absentons cinq minutes. Jusqu'à notre retour, tu ne bouges pas tes fesses de cette chaise, Linlin. À mon avis, tu es bon pour la garde à vue et une cellule cette nuit. Quand Dijon s'occupera de toi, tu rigoleras moins.

L'adjudant-chef les attendait dans le couloir.

– Il n'y a rien à en tirer pour l'instant, Al, annonça Dulac. Vous devriez entrer lui coller un peu la pression.

– Inutile, ricana Pacino. Je te fais confiance pour l'avoir fait le mieux possible. T'es doué pour ça.

– J'ai besoin de vingt-quatre ou quarante-huit heures. Linlin ne tiendra pas plus longtemps et craquera. Je suis certain qu'il détient des informations capitales qu'il cache en exagérant son attitude de pauvre fou. Avertissez le procureur de la République et placez Linlin en garde à vue.

Les lourdes paupières de l'adjudant tombèrent comme les rideaux d'un théâtre à la fin d'une représentation. On aurait dit qu'elles voulaient cacher la noirceur du monde au gendarme. Son dos se voûta. Il se tourna vers Camille Carole, ouvrit les yeux.

– Ton avis, Camille ?

– Je suis contre, Al. On a foutu la trouille à ce gosse en l'interrogeant d'une façon brutale. Il a fait une fugue, pour une raison que nous ignorerons jusqu'à ce qu'il se décide à nous la dire. Il est tellement dans le cirage, actuellement, qu'il ne comprend pas la gravité des événements ni ce qu'on lui reproche. Parfois, on dirait qu'il plane, heureux, joyeux, puis subitement il est au bord des larmes.

Pacino avala sa salive et palpa sa pomme d'Adam.

– Et toi, Nour ? Tu as assisté à l'interrogatoire et peut-être entendu une partie de ce qui se disait.

– J'ai parfaitement entendu, chef. J'avais coulissé la vitre sur dix centimètres.

– Alors ?

– Je partage l'avis de Camille. Linlin n'est pour rien dans cette disparition. Une garde à vue ne ferait que l'abîmer davantage au point de le détruire peut-être complètement.

Pacino se frotta le menton.

– Je pense aussi que ce gosse ne joue aucun rôle dans la disparition de Laura Dagret et qu'en le tarabustant, nous lui ferons du mal. Il n'y aura pas de demande de garde à vue, maréchal des logis Dulac.

5 - LINLIN

Mardi 22 juillet

Les journées débutaient de la même façon. Jean-Alain se levait, descendait déjeuner.

– Bonjour mon chéri, disait Zoé Quitani.

Elle s'interrompait aussitôt car les larmes affluaient en dépit de son désir de les contenir et d'entretenir à la maison le climat de sérénité qui existait avant.

Le problème était cet « avant » mystérieux qui transformait « l'après » en un long tunnel d'incertitudes.

La vie de la famille Quitani s'organisait autour de ces deux mots. Avant. Après.

– Ils sont malades de le maltraiter ainsi ! explosait Richard Quitani. Imaginer que notre fils puisse faire le moindre mal à cette fille… quels crétins !

Ni lui ni Zoé ne définissaient ce « ils ». Au début, il s'agissait des gendarmes mais peu à peu le périmètre du « ils » s'agrandissait. Son territoire commençait dès que les Quitani sortaient de leur maison. Jean-Alain allait moins souvent au bord du lac du Serpent. Richard et Zoé mettaient à peine le pied dans le parc entourant le château. De l'autre côté de la haie surgissait l'horrible silence de la propriété de la famille Dagret. La plupart des volets demeuraient fermés toute la journée. Les rares visites étaient celles de la police. De moins en moins. Des journalistes. De moins en moins. Le deuil habitait la maison de Laura, disparue depuis dix jours. Jean-Alain semblait ne se rendre compte de rien. Il sortait dans le parc, en short et torse nu, écartait la haie et fixait la balançoire comme s'il s'attendait à découvrir la corolle de la robe de Laura emportée par le vent. Il ne descendait plus guère à la plage. On l'insultait. Il revenait, disait :

– Méchants, moquent, cailloux.

Les parents traduisaient. On lançait des cailloux à leur fils. Trois jours auparavant, Jean-Alain était revenu la lèvre fendue.

– Tombé.

Son regard sombre et fuyant avouait la peur. Le short déchiré et taché de sang racontait la vérité. On avait frappé Linlin. D'ailleurs, une demi-heure plus tard, un type barbu et ventru avait sonné à la porte et avant que Richard Quitani ait pu dire « bonjour », le barbu avait éructé :

– Un bon conseil : tenez votre maboul dangereux en laisse, sinon on devra le noyer comme un chat. Dans un sac et hop, à la baille.

L'hystérique s'était empressé de disparaître avant que Richard Quitani ne lui fracasse le nez.

Jean-Alain était bizarre, constatait sa mère, même si la plupart du temps il semblait se conduire comme « avant ». Ce matin-là, Zoé, après avoir prononcé le rituel « Bonjour mon chéri » qui s'étranglait dans sa gorge, puis l'inévitable « tu as bien dormi ? » et servi le petit déjeuner, se mit à observer son fils. Il était assis dans le canapé, devant le poste de télévision éteint. Il tenait la télécommande, appuyait sur des touches au hasard et souriait comme s'il visionnait des images agréables. Il semblait détendu et heureux. Son regard se perdait dans un univers qui lui appartenait. Les adultes y avaient rarement accès. Zoé en avait l'habitude, pourtant elle n'avait jamais vu dans les yeux de son fils autant d'éclats d'une joie que les mots parvenaient rarement à exprimer.

Zoé Quitani n'en ressentit pas pour autant de la satisfaction. Elle redoutait ce qui viendrait après. Ça se produisait souvent depuis cette terrible nuit de samedi. Les lumières allumées dans les yeux s'éteignaient d'un seul coup, sans qu'il y ait le moindre signe d'alerte. L'ombre remplaçait le crépitement des étincelles de joie. Jean-Alain semblait avoir peur. Ses sourcils se froissaient. Il réfléchissait, jetait autour de lui des regards d'oiseau affolé.

– Tu penses à quoi, mon chéri ? demandait sa mère.

Il ne répondait pas. Parfois, Richard insistait :

– Tu as envie de nous raconter la nuit au bord du lac ? Tu sais, ça ferait très plaisir à ta maman et à moi d'entendre ça. On ne répéterait cette histoire à personne, promis. Elle n'appartiendrait qu'à nous trois.

Linlin abandonnait ce qu'il était en train de faire, même son assiette s'il était à table. Il s'en allait en marmonnant « Secret… secret… » et s'enfermait dans sa chambre pendant des heures.

Zoé Quitani délaissa l'observation de son fils et entama la conversation :

– Tu aimerais que nous fassions quoi de notre après-midi, mon chéri ? Une balade en forêt ? Papa adore ça. Où alors des achats à Dijon ? Nous pourrions aller au cinéma ? À la piscine, si tu préfères.

Trop tard ! Elle avait énoncé une proposition ridicule qui trahissait ce qu'elle recherchait : une activité loin du lac du Serpent. Quelle maladresse que d'évoquer la piscine alors que le lac s'étalait sous leurs fenêtres ! Elle se reprit avec vivacité :

– Ou autre chose. Tu choisis quoi ?

– Rien, répondit Jean-Alain.

Il reposa la télécommande sur la table basse, se leva et s'approcha de sa mère. Elle se tenait près d'une étagère, y rangeant quelques livres. Linlin vint se placer derrière elle. Elle eut à peine le temps de se retourner. Les bras de son garçon entourèrent ses épaules, son corps se colla au sien comme s'il voulait s'y fondre. Zoé demeura parfaitement immobile. La chair de son fils tremblait contre la sienne. Linlin dépassait sa mère d'une bonne tête. Elle était frêle, d'une fragilité physique d'enfant entre les bras de son garçon, et pourtant c'était elle la fourmi qui avait le devoir de le protéger.

– Laura perdue, maman ? murmura Linlin dans le cou de sa mère.

Les lèvres sèches effleuraient sa peau. Que pouvait-elle répondre ? Oui, Laura était perdue et selon la police aucun caillou du Petit Poucet ne menait jusqu'à elle.

– Oui, mon chéri, dit Zoé Quitani. Embrasse-moi. Les gendarmes réussiront sans doute à la retrouver.

Était-ce la bonne solution de promettre ça à son fils dans la mesure où elle ignorait ce que son cerveau torturé ferait de cette promesse ? Sans doute pas, même si Richard avait fouillé Internet, y puisant de l'espoir. *Jaycee Lee Dugard, enlevée en 1991, à l'âge de onze ans, retrouvée dix-huit ans plus tard. Natascha Kampusch, kidnappée à l'âge de dix ans réussit à s'échapper après huit années de captivité.* Richard affirmait que l'espoir devait s'accrocher surtout quand on le sentait sombrer. Il fallait toujours refuser d'admettre le pire.

Zoé n'eut pas le temps de tergiverser. Jean-Alain dit « les gendarmes », puis cria :

– Garde-à-vous, maman !

La digue se rompit. Zoé éclata en sanglots. Son fils criait « garde-à-vous » dès qu'on prononçait les mots « gendarme » ou « police ». Le maréchal des logis lui avait expliqué avec une insistance méchante à quoi il échappait en échappant à une garde à vue. Jean-Alain avait préparé dans sa chambre un sac à dos contenant une brosse à dents, un short, un pyjama, son MP3 et son téléphone portable. Quand une voiture de gendarmerie se garait dans leur cour, Linlin se harnachait du sac et se présentait devant les gendarmes en hurlant :

– Garde-à-vous, prêt, partez !

Zoé Quitani n'eut pas davantage le temps de serrer son fils entre ses bras. Il se sépara d'elle, recula pas à pas. Elle comprit aussitôt ce qui arrivait en découvrant l'ombre si redoutée qui obscurcissait ses yeux. Un flou hagard. Linlin semblait ne plus voir sa mère.

– Où vas-tu, mon chéri ? Tu devrais monter voir papa dans le bureau. Il s'est procuré un nouveau jeu informatique, un truc sensationnel à ce qu'il paraît.

Elle essayait, mais la panique de la voix détruisait les effets de l'enthousiasme trop théâtral.

– Non, dit Linlin. Vélo.

Il était déjà au milieu de la salle de séjour alors que Zoé cherchait encore le prétexte qui empêcherait son fils de grimper sur son VTT et de s'en aller au bord du lac du Serpent.

– Je ne crois pas que papa soit d'accord !

C'était faux. Tout le contraire et il le savait. « Jean-Alain doit vivre comme avant, déclarait Richard. Nous devons vivre tous les trois comme avant, sinon les imbéciles gagneront la partie. »

Son fils ouvrit la porte. Zoé abattit sa dernière carte.

– Alice m'a dit qu'elle viendrait. Tu aimes bien Alice, elle t'aime bien aussi. Elle sera si déçue que tu sois absent.

La formule magique. Jean-Alain referma la porte et applaudit.

– Alice, Alice, Alice.

Il riait.

Zoé Quitani, soulagée, épongea ses larmes de la main et sourit.

– Rejoins papa là-haut, mon chéri. Je te préviendrai quand Alice sera là.

Elle suivit Linlin du regard jusqu'à ce qu'il atteigne le palier, en haut de l'escalier. Un répit. « Pour combien de temps ? » s'angoissa Zoé.

Le téléphone du salon sonna. Elle sut instinctivement que le répit était déjà terminé et qu'elle entendrait un des imbéciles dont parlait son mari.

Linlin se glissa dans sa chambre sans faire de bruit. Il referma la porte le plus doucement possible afin que son père ne l'appelle pas depuis son bureau. Il décrocha le téléphone, poussa le bouton qui permettait d'entendre les conversations que tenait n'importe quel membre de la famille Quitani à partir d'un des quatre appareils que comptait la maison. « Jean-Alain est un adulte, nous n'avons pas de secrets pour lui », affirmait Richard, quand sa sœur Amélie et son mari Fabrice s'étonnaient.

Les téléphones, ainsi reliés, permettaient surtout de suivre leur fils à la trace dans une maison de douze pièces.

Linlin entendit la voix tendue de sa mère qui répétait des « Allô ?... Allô ? » de plus en plus aigus, alors que personne ne parlait.

– Je raccroche, dit Zoé Quitani.

– Je veux parler au violeur d'enfants, gronda une voix.

Linlin se demandait toujours de qui parlaient ces personnes qui appelaient et demandaient « le violeur d'enfants ». Ses parents avaient expliqué comme ils pouvaient que des imbéciles l'accusaient d'avoir fait du mal à Laura. Il écarquillait les yeux. Il n'avait jamais fait le moindre mal à Laura et ne l'avait même pas embrassée quand elle l'avait voulu. Elle tapotait ses joues de ses doigts aux ongles si merveilleusement peints d'un violet scintillant. « Embrasse-moi Linlin, là si tu veux ou alors sur les lèvres si tu en as envie et surtout si tu sais comment on s'y prend. »

Il n'approchait jamais Laura de trop près, conservant entre eux une distance de sécurité de cinq ou six mètres. Ses longues jambes dévoilées sur la balançoire le fascinaient, mais il se méfiait de ses sourires rigides de poupée Barbie et encore plus de son regard de crocodile.

– Qui a violé un enfant ? demanda Zoé Quitani, d'une voix neutre.

Sa mère ne raccrocherait pas. Linlin en était certain. Il avait surpris ainsi un grand nombre de conversations sans queue ni tête, mais sa mère ne raccrochait jamais la première. Il ne comprenait pas pourquoi ses parents usaient leur temps à écouter ça alors que des dizaines de Chinois s'impatientaient dans leur bureau. (« Tu en es où de tes Chinois ? Ceux de Hong-Kong râlent parce que ça ne va pas assez vite. Nos Chinois de Shanghai trouvent nos délais trop longs... »)

– Vous devriez foutre le camp, dit la voix. Votre taré est responsable de la disparition de Laura. Linlin...

La voix éclata de rire avant de poursuivre :

– Linlin ! Un nom qui en dit long à lui seul. Si la police ne fait pas son boulot, sous prétexte que vous êtes pleins aux as dans votre belle baraque, nous on le fera avant qu'un autre drame n'arrive.

– Salaud, vas-y, laisse-toi aller si tu aimes tant ça et si prononcer des injures de façon anonyme t'aide à vivre, dit la voix calme de Zoé. Soulage ton pauvre esprit de malade.

– Linlin est un dingue, reprit la voix de l'homme et vous, les parents, ne valez pas mieux.

Linlin n'écouta pas la suite. Il raccrocha le téléphone, désigna l'appareil d'un doigt qui tremblait légèrement et gronda : « Tuerai, toi tuerai, tuerai, hop, fini. » Il considéra son doigt, haussa les épaules comprenant que sa menace ne menait à rien et, puisqu'il en était ainsi, décida qu'il fallait profiter de l'inattention de sa mère, prendre en douce son VTT et disparaître au bord du lac. Il jeta son sac à dos sur une épaule après en avoir vérifié le contenu : les affaires nécessaires à « une garde à vous » auxquelles il ajouta à tout hasard une boîte pleine de pâtes de fruits qui traînait sur son bureau depuis des mois. Il consentit à mettre des baskets en remplacement des babouches marocaines de son père qu'il adorait porter à la maison, ce qui agaçait Zoé. « Tu arrêtes de savater, mon chéri. C'est exaspérant, ces crissements sur les parquets. » Mais savater était justement ce qu'il aimait avec ces babouches trop grandes. Elles lui donnaient l'impression que son père marchait à côté de lui.

Les roues du VTT couinaient. Linlin avait pourtant badigeonné les axes et les roulements d'un sirop soignant la toux. « Si ça coince dans ta gorge, tu avales une cuillerée de ce sirop et on ne parlera plus de ces raclements si désagréables », conseillait le Dr Levallois, chaque hiver.

La chaîne était aussi enduite de sirop Tussipax, mais apparemment les trachéites d'une bécane résistaient mieux au médicament que la gorge de Linlin.

Le lac, sous le soleil, projetait des éclats bleutés. Le goudron de la route fondait par endroits. Il n'y avait personne en vue. Linlin apprécia cette solitude. Il était las qu'on le prenne en photo.

« Hé, c'est toi ? » le hélait parfois un inconnu. Ben oui, c'était lui, aucun doute, même si le type insistait lourdement : « Alors, c'est toi, Linlin ? » Il l'obligeait à se placer à un endroit précis. On lui demandait de ne pas sourire. « Autrement, tu n'as pas l'air méchant », avait expliqué un vieux qui le mitraillait à l'aide de son téléphone portable.

« Tu dois refuser qu'on te prenne en photo », conseillaient les parents de Jean-Alain, en s'adressant des signes mystérieux. Sans doute craignaient-ils qu'un photographe inconnu ne frappe leur fils, comme c'était arrivé déjà une fois.

Linlin ne détestait pas les séances de poses photos. Jusqu'à un certain point. Il comprenait que son statut de vedette était lié à ce qui était arrivé à Laura Dagret. Elle était sa voisine. Mais pourquoi les promeneurs ne prenaient-ils pas en photo Alice ou Gabin, pourtant eux aussi voisins de Laura ?

Alice.

Penser à elle porta le corps de Linlin à ébullition. L'excitation le submergea. Il abandonna le guidon du VTT, poussa un cri à la Tarzan et, comme l'écho était exceptionnel et qu'il se sentait soudain si heureux, il réédita le cri en agitant les bras. Le VTT fonça droit vers l'autre côté de la route, escalada le talus, piqua du nez et termina sa course dans un champ de maïs.

– Tombé ! hurla Linlin, très satisfait d'une cascade aussi éblouissante.

Il n'essaya pas de se relever. Il était bien, couché sous les feuilles des maïs, sur un sol que l'ombre conservait tendre et frais. Un lit.

– Alice, Alice, Alice, chantonna Jean-Alain, tout son être parcouru d'une sensation d'intense bonheur.

Il avait l'impression qu'il pourrait se dissoudre, se mélanger à la terre meuble, disparaître à jamais. Ou alors le bleu intense du ciel s'apprêtait à l'aspirer.

Il ferma les yeux. Murmura « Je dors », puis : « Jean-Alain dort. » Il se souvint de tout. Presque tout. Depuis dix jours, il revisitait sans cesse les moments dont il avait envie de se souvenir. C'était aussi simple que d'être devant un poste de télévision et d'appuyer sur la bonne touche de la télécommande.

Linlin appuya sur la touche.

Alice commençait la lecture d'un autre livre. Elle avait terminé La Vie devant soi *la veille.*

– Mourir triste, madame Rosa, Momo aussi, pas bien, veux pas, avait commenté Linlin.

– Aujourd'hui, on commence une très belle histoire d'amour, annonça Alice, en dégageant les cheveux de sa nuque, un mouvement gracieux que Jean-Alain observa sans en perdre une miette.

– Mais je te préviens, ça ne marchera pas, à la fin ils se sépareront et ils ne se reverront jamais, poursuivit Alice, après un instant d'hésitation.

Linlin éclata en sanglots.

– Veux pas... veux pas... comme moi... pourquoi jamais...

– Jean-Alain, c'est une histoire, il ne faut pas...

Alice le prit dans ses bras. Elle sentait bon. Surtout ses cheveux, mais aussi son cou dont la peau était si douce. Il l'effleurait de ses lèvres et ses lèvres à elle effleuraient ses joues.

– Ne pleure pas, Jean-Alain. Un jour, une fille t'aimera, tu l'aimeras et... et... et...

Les « et » ricochaient à n'en plus finir. Linlin y mit fin en protestant :

– Menteuse ! Menteuse ! Jamais... les filles jamais... veux pas le livre... veux pas...

Les larmes coulaient à flots. Un incroyable Niagara qui le surprenait lui-même sans qu'il parvienne à arrêter le déluge.

– Tu es malheureux, Linlin ? murmura Alice. Oui, tu es malheureux, je le sais.

– Non... non... protesta Jean-Alain, étonné d'entendre Alice l'appeler Linlin. Si... si... Sais pas... affreux... très...

Elle desserra son étreinte, le repoussa. Est-ce qu'il avait encore trop mis de « Pur Poison » et puait ainsi qu'elle l'avait dit un jour précédent ? Ou alors elle lui reprochait de chialer autant, presque autant que son frère quand il s'écrabouillait les doigts avec un marteau en construisant le Nautilus *? C'était peut-être parce qu'il refusait d'écouter la lecture du nouveau roman ?*

– Écoute-moi, Jean-Alain.

Il n'avait pas le choix. Elle le repoussait de plus en plus, si bien qu'il dut s'asseoir de force dans le fauteuil qui le prenait en traître, dans son dos. Alice s'installa en face de lui, sur le canapé.

« Elle est plus belle que Laura », pensa Linlin, ce qui ressuscita ses larmes, qui commençaient pourtant à se tarir, parce que à quoi bon qu'Alice soit belle ou moche.

Elle le fixait avec la même sévérité que sa mère quand il criblait ses pages d'écriture de ratures incompréhensibles.

– Demain, c'est tes dix-sept ans, dit Alice. Je te ferai un cadeau.

Jean-Alain souleva le bas de son T-shirt et épongea les larmes à l'aide du tissu.

– Merci.

Il tordit le T-shirt, comme s'il était une éponge imbibée, puis grimaça et dit :

– M'en fiche.

Alice ne montra aucune déception. Elle continua à parler, mais il avait l'impression qu'elle s'adressait à quelqu'un d'autre qu'à lui.

– Mon cadeau sera un secret. Tu ne devras jamais en parler, jamais, à personne et jamais je ne te referai un pareil cadeau et jamais tu ne m'en parleras après et ce sera comme si jamais tu n'avais reçu ce cadeau et jamais…

Alice pleurait maintenant. C'était étrange. Sous les larmes, Linlin découvrait un sourire. En tout cas, il l'avait prise dans ses bras, à son tour, puisqu'elle pleurait et c'était ce qu'on devait faire quand une personne pleurait près de vous. Alice sentait toujours aussi bon, larmes ou pas, et ses cheveux étaient toujours aussi doux et sa peau toujours aussi fine et caressante.

– Pas de lecture aujourd'hui, annonça Alice en entrant dans la salle de séjour. Tes parents rentrent ce soir vers six ou sept heures, ça ne laisse pas beaucoup de temps.

Pas beaucoup de temps pour quoi faire ? se demanda Linlin, déçu, non par l'absence de lecture, mais par l'absence de cadeau d'anniversaire. Alice n'apportait aucun paquet et même si les paquets cadeaux proposaient rarement des surprises intéressantes, les mains vides ne valaient pas mieux.

– Secret… secret… mon anniversaire… trépigna Jean-Alain, habillé façon anniversaire avec le cadeau qui l'accompagne.

Pantalon de toile couleur sable, T-shirt bleu ciel et les babouches marocaines de son père enduites d'un cirage frais et odorant qui ressemblait à du caramel fondu.

Alice souriait aussi timidement que si elle se trouvait sur le podium de la distribution des prix quand elle avait gagné, l'année précédente, la course de canoë-kayak sur le lac du Serpent. Linlin se dit que son rêve de cadeau mystérieux s'envolait. La promesse d'Alice ne serait qu'une histoire à dormir debout. Elle comptait le berner en lui confiant un secret pour enfant de six ans, du genre de ceux que Gabin lui délivrait dans le creux de l'oreille sous prétexte qu'il s'adressait à un garçon ayant du vent dans la tête. « Linlin, j'ai un secret, mais tu dis rien à personne, hein, juré craché ? J'ai vu un poisson d'au moins dix mètres de long. »

Gabin, huit ans, d'accord, mais Alice dix-sept, autant que lui, alors là, non ! Du vent dans la tête, là oui, mais pas au point d'écouter des contes pour enfants.

Alice ébouriffa ses cheveux sur la nuque, puis assembla ses mains devant sa bouche comme si elle voulait effacer ce sourire timide si décevant.

– Montons dans ta chambre, Jean-Alain.

– Ma chambre, hoqueta Linlin, le cœur en breloque détraqué parce que sa chambre était un ahurissant foutoir.

Il était impossible de s'y déplacer sans écraser des objets. Le lit était défait. Surtout, il y avait ces gros cailloux, rapportés de la plage, disséminés sur le parquet, dans le couloir et dans l'escalier, afin de ne pas me perdre, pensait Linlin en rigolant. La méthode du Petit Poucet. Zoé ne riait pas du tout. « Je te préviens mon chéri que je ne touche à rien, je ne fais même pas ton lit tant que tu n'as pas rangé ta chambre et fait disparaître ces affreux cailloux. »

– Oui, ta chambre, confirma Alice, en lui prenant la main et l'attirant vers l'escalier.

Linlin oublia aussitôt le foutoir et le Petit Poucet. Tenir la main d'Alice était comme caresser les poils d'un chat, aussi doux, avec quand même de petites décharges électriques qui picotaient les doigts et remontaient jusqu'en haut des bras. En tout cas, ce qui arrivait commençait à sentir le mystère et ressemblait à un début de cadeau. Peut-être finalement se dirigeaient-ils vers le fameux secret dont « il ne faudrait jamais, jamais, jamais parler ».

Pourquoi Alice marchait-elle aussi lentement ? Bon, tenir sa main était agréable, mais monter trente-deux marches encombrées de cailloux allait demander un temps fou qui repousserait la révélation du secret à la saint-glinglin. Franchement, Linlin n'en pouvait plus d'attendre. Pourquoi Alice l'accompagnait-elle dans sa chambre ? C'était la première fois. « Pas dans la chambre de Jean-Alain, prévenait Zoé Quitani. Vu le désordre, j'aurais trop honte. » Elle disait ça même quand la pièce était rangée.

Une fois en haut, sur le palier, après un slalom pénible, Linlin désigna les autres cailloux disposés en zigzag sur le parquet du couloir.

– Sentier... pas perdus... suivre la piste.

– Je sais, oui, le Petit Poucet, dit Alice, d'une voix aussi minuscule que si elle se déplaçait à l'intérieur d'une maison hantée.

Elle entra dans la chambre et éclata de rire.

– Ben dis donc, tu ne te refuses rien quand tu sèmes le binz !

Le rire mourut aussi vite qu'il était né.

– Viens, dit Alice.

Elle tira Linlin vers le lit. La chambre était grande. Ils avançaient à pas précautionneux, calculant où ils poseraient leurs pieds sans entendre le craquement de l'objet écrasé. Le cœur de Jean-Alain s'accélérait à chaque pas. Alice étreignit si fort sa main que la caresse des doigts se transforma en douleur. Il était prêt à supporter bien pire. Elle semblait avoir peur. Sa poitrine palpitait sous son T-shirt bleu brodé d'un perroquet rouge. Soudain, Linlin réalisa qu'ils marchaient *non seulement en direction du lit mais que le lit était leur destination. Le secret. La peur le pétrifia.*

– Viens, répéta Alice. N'aie pas peur. J'ai peur, moi aussi.

Après…

Après, ils furent à côté du lit. Les mains d'Alice couraient sur le corps de Linlin. Le déshabillait, doucement, lentement. Les lèvres d'Alice couraient aussi sur sa peau, partout à mesure que ses vêtements tombaient.

« Je suis en train de mourir », estima Linlin et il n'avait pas tellement tort puisque son cœur battait bien au-delà du raisonnable, à une cadence qui aurait affolé le Dr Levallois.

Après…

Après, ils furent sur le lit.

– Déshabille-moi, dit Alice.

Elle guida ses mains. Dit et redit : « Doucement, ne sois pas si pressé. » Linlin s'empêtrait dans les boutons du jean. Il paniquait. Vite. Il devait se dépêcher avant qu'Alice ne se rende compte de ce qu'elle faisait et s'en aille. Disparaisse. Un mirage. Ou alors, il rêvait, oui c'était sûrement le cas, alors vite, vite…

– Aïe ! gémit Alice.

Elle guida encore ses gestes. Elle était nue. Ils étaient nus.

– Viens, dit Alice.

Après…

Après, Linlin ne le dirait à personne, pas seulement à cause du secret, ça non, mais parce que ce serait le plus magnifique rêve de la vie d'un garçon ayant du vent dans la tête et qu'un pareil cadeau d'anniversaire ne se partageait pas.

D'ailleurs, qui le croirait ?

Ils redescendaient l'escalier.

– Tu as compris que ça ne se reproduira jamais, Jean-Alain ? dit Alice, en bloquant le passage et fixant Linlin.

Son visage était marqué d'une tristesse qui l'effraya.

– Non, pas compris, fit Linlin.

– Si, tu as compris, je le sais, dit Alice. Ce qui est arrivé ne se reproduira jamais avec moi, mais tu le referas un jour avec une autre fille que tu aimeras et qui t'aimera. Tu me crois ?

Linlin hocha énergiquement la tête.

– Oui, crois, crois, crois, crois…

– Arrête, on dirait un corbeau.

Elle libéra le passage.

Bien sûr qu'il croyait Alice. Il avait dix-sept ans aujourd'hui, mais jamais plus il n'aurait peur de ce qui l'attendait au-delà de cet anniversaire.

Au pied de l'escalier, Linlin prit la main d'Alice. Il la porta à ses lèvres, comme il l'avait vu faire au cinéma et aussi à la télévision, quand le président de la République rencontrait des princesses ou des reines.

– Belle, dit Jean-Alain.

Il avala sa salive, respira à fond, se concentra et dit :

– Tu es la plus belle fille du monde, Alice.

Elle eut un hoquet de stupéfaction. Ses yeux étaient humides.

– Oh, Jean-Alain…

Elle s'essuya les yeux, rit. Linlin éclata aussi de rire.

– Tu dois reprendre tes esprits, Jean-Alain. Tu souris, tu ris… tu prononces des phrases… heu… si tu ne parviens pas à dominer tes émotions, tes parents vont s'apercevoir que quelque chose d'anormal s'est produit. Mais tu te souviens : nous partageons un secret qu'aucun de nous deux n'a le droit de trahir.

Alice avait raison. Il faudrait des heures et des heures, des jours peut-être avant que l'ébullition dans son corps et dans sa tête ne se calme un peu. Il décida d'aller raconter son conte de fées aux eaux calmes du lac du Serpent et aux canards qui y naviguaient.

Linlin s'enfonçait dans les roseaux, courait autour du lac, nageait là où personne n'osait s'aventurer, entre les canards, dans les zones gluantes de vase, peut-être dangereuses même si personne ne s'était noyé dans le lac du Serpent. Il hurlait son bonheur du temps où il était en compagnie d'Alice, dans la chambre, un temps imprimé au fer rouge sur chaque parcelle de son corps, pour toujours.

Un fer rouge indolore.

Tout le contraire de la douleur.

Mais Linlin hurlait en silence, les lèvres arrondies, le visage levé vers le ciel, avalant les mots du bonheur avant qu'ils ne forcent le passage de la bouche. Secret. Secret. Secret. Jamais on ne le lui arracherait, ce secret-là, même si on lui coupait les doigts un par un, une scène atroce vue dans un film abominable, mais de toute façon l'homme torturé était mort et n'avait pas trahi son secret. Quand les mots de la joie devenaient trop impatients, Linlin plongeait la tête sous l'eau du lac et les prononçait. Les bulles qui remontaient à la surface effrayaient les canards.

Laura l'avait suivi.

– Où tu vas, Linlin ? Tu as l'air vachement excité. Pourquoi tu rigoles ? Je viens avec toi.

Ah non, pas Laura ! Plus jamais Laura, ni à la plage ni sur la balançoire, en tout cas pas aujourd'hui, le jour du secret et du conte de fées. Il s'était approché. Jamais il n'était venu si près de Laura, mais désormais aucune peur ne lui ferait peur. Il lui avait collé sa grenouille métallique sous le nez, appuyant vite sur la lame, « clac, clac, clac », attendant que Laura ouvre la bouche et alors il la lui ferait avaler et on verrait bien si elle le suivrait.

– Fous le camp !

Il avait dit ça et était parti en courant. Pourtant, cette idiote était descendue au bord du lac. Elle rôdait dans les environs. Le cherchait. Puis, la nuit s'était installée, le prévenant qu'il fallait rentrer à la maison. Impossible. Le volcan en éruption, à l'intérieur de son ventre, refusait de s'éteindre. Il téléphonait de temps en temps.

– Où es-tu, mon chéri ? bondissait la voix angoissée de Zoé.

Linlin coupait la communication. Secret. Secret. Secret. Il le trahirait malgré lui s'il ne parvenait pas à éteindre le volcan et pour y parvenir, il devait marcher le plus longtemps possible, seul ou plutôt en compagnie du souvenir d'Alice nue sur le lit, près de lui, ses doigts caressant ses lèvres et murmurant : « Chut... ne dis rien... c'est mieux de se taire. »

Il était arrivé quelque chose d'étrange, bien avant que la nuit tombe, mais les images concernant l'événement restaient floues. La mémoire d'Alice brûlait si fort qu'elle consumait la mémoire d'autres moments de cette journée d'anniversaire.

Linlin, à force de marcher, était parvenu à l'endroit où le sol était aplani, entre les roseaux, là où il avait déjà vu une première fois le camion blanc. Un espace de repos idéal. Le sol était libre de végétation, à peu près plat, protégé tout autour par les roseaux. La plage se trouvait à plus d'un kilomètre et, donc, presque personne ne s'aventurait dans ce coin dépourvu d'intérêt. Linlin se coucha à même la terre, bras et jambes écartés en croix. On aurait dit un Christ heureux cloué au sol. Il serait bien ainsi allongé, au cœur d'un silence apaisant et pourrait vivre et revivre le rêve d'Alice. Dommage qu'il y ait cette odeur entêtante d'huile de moteur. Le camion blanc avait abandonné une large tache noire à l'endroit où il s'était garé et, du fait de la chaleur, l'huile puait.

Il commençait à revivre le rêve d'Alice quand il entendit le bruit d'un moteur. Linlin se releva et courut se cacher dans les roseaux. Ses pieds étaient dans la vase. Ses Nike seraient mal en point, fichues peut-être. « Où t'es-tu encore fourré ? se fâcherait sa mère. Des Nike neuves ! »

Secret. Secret.

À partir de cet instant, ce qui était arrivé devenait flou. Le camion blanc. La peur saisissait Linlin. « Qu'est-ce que tu fiches ici ? » demanderait sans doute le conducteur.

Linlin pensa qu'il ne réussirait peut-être pas à résister, que le conducteur n'aurait pas besoin de lui couper les doigts : à l'intérieur de son ventre, le volcan grondait encore, alors… alors, si le vent dans sa tête le trahissait au point qu'il prononce le nom d'Alice, le secret suivrait.

Linlin se sentit défaillir. Il ferma les yeux, les ouvrit, se tassa entre les roseaux. C'était comme si les fils électriques de son cerveau, dont parlait le Dr Levallois, se touchaient et créaient un court-circuit.

Un homme descendait du camion blanc qu'il avait garé à l'emplacement de la tache d'huile. Il tremblait. S'appuyait des deux mains à la carrosserie. Vomissait.

– Je suis malade, ma grande. On doit attendre que le malaise passe.

Un fou, encore plus fou que lui, pensa Linlin, puisqu'il parle dans le vide à quelqu'un qui n'existe pas.

– Je déteste ton prénom, dit encore l'homme qui lui tournait le dos.

Linlin n'en pouvait plus d'être accroupi dans la vase. Il réussit à ramper jusqu'à un endroit sec, sans attirer l'attention, mais le temps passait, de longues minutes comme une grenouille sur son nénuphar, sans bouger, à peine respirer.

« Va-t'en, va-t'en, secret, secret », dirent silencieusement les lèvres de Linlin. Il pressentit que les câbles électriques tendus dans sa tête, entre ses tempes brûlantes, allaient se toucher. Il eut encore le temps de murmurer « non » avant de s'effondrer, inanimé.

Linlin récupéra le VTT couché dans le champ de maïs. Les roues tournaient, le guidon n'était pas tordu, contrairement à sa tête qui l'était, tordue, après ce patchwork de souvenirs qui l'avait traversée.

Avait-il imaginé l'homme malade qui vomissait et parlait tout seul ?

– Oui ! Oui ! cria Linlin, en pédalant le plus vite possible afin de sentir le vent palper son corps, griffer son visage. Le réveiller ?

– Non ! Non ! cria Linlin.

Il ne savait plus. Ne comprenait plus. Si la fille, dans le camion, avait existé, elle aurait parlé. Laura... Laura... annonça une voix dans sa tête. Linlin se demanda ce que Laura venait faire là. Laura était partie. Disparue, Laura.

Les gendarmes l'avaient annoncé à Linlin. Penser aux gendarmes le fit pédaler de traviole et il faillit se casser la gueule encore une fois. Les gendarmes...

– Salauds, méchants, connards, énuméra Linlin.

Il corrigea. Pas tous. Pas celui qui s'appelait Noureddine et qui lui avait passé la main dans les cheveux, à son retour dans la nuit, alors que les autres braillaient et menaçaient.

– Te bile pas, mon garçon, on va arranger ça, avait dit Noureddine, sans le menacer de la « garde-à-vous ».

– Sales cons ! hurla Linlin.

Un éclair de lucidité le traversa. L'homme, les gendarmes, Laura, les personnes qui le photographiaient, celles qui l'insultaient et même ses parents, oui, même Zoé et Richard, tous se liguaient contre lui pour qu'il avoue le secret.

– Jamais, jamais ! hurla Linlin, en direction du soleil.

Il pédala en lâchant le guidon. La bécane accepta de rouler droit.

Sur la gauche de la route, un sentier se faufilait entre les roseaux. Linlin constata qu'il se trouvait maintenant de l'autre côté du lac. Un endroit désert, comblé d'une végétation hostile : des roseaux, des buissons, un entrelacs d'arbustes nains. Le VTT suivit le sentier qui descendait légèrement. Il tressautait dans les nids-de-poule.

– Tape-cul, putain ! s'énerva Linlin.

Il abandonna le vélo et poursuivit à pied. Marcher en s'enfonçant dans la végétation lui permettrait d'oublier ce qui encombrait sa tête depuis quelques minutes. Le calme, le silence et il appuierait à nouveau sur la touche « Alice ».

– Oh, non !

Il aboutissait à l'endroit où était garé le camion blanc. Sa bécane l'avait amené là. Il reconnaissait les lieux. Le sol aplani. Des restes de végétation écrasée. Sèche. L'énorme tache d'huile. Les trognons de cigarettes et même un paquet vide et cabossé de Camel. Un frisson parcourut la colonne vertébrale de Linlin. Alors, ce n'était donc pas un rêve ? Il voulut se débarrasser de ce souvenir-là qui abîmait le souvenir d'Alice.

– Vomi, dit Linlin.

S'il n'avait pas imaginé cette rencontre avec l'homme du camion, il verrait les traces du vomi. Il se rappelait. Une vraie cascade, qui n'en finissait pas, au point qu'il s'était demandé comment un estomac pouvait contenir autant de nourriture.

Linlin chercha. Pas à pas, mètre carré par mètre carré. Rien.

– Rien ! Rien ! hurla Linlin.

Il éclata de rire. Il avait bel et bien imaginé le camion blanc et l'homme.

6 - FREDDY

Mercredi 23 juillet

– Avance, tas de tôle ! gronde Freddy, entre ses lèvres à peine entrouvertes.

Elles sont réduites à deux traits blancs qui fendent un visage carré, bronzé, mal rasé. Il injurie la Clio, une vieille bagnole fatiguée, achetée d'occasion. La route tourne, la nuit est épaisse et les phares ne dévoilent qu'un court tunnel d'asphalte en mauvais état. Deux heures du matin. Freddy ne croise pas un seul véhicule. Le coin est désert, même la journée. N'empêche qu'il prend des risques, de plus en plus de risques à quitter ainsi son travail durant une ou deux heures.

– Plus que deux jours à tenir, putain, deux jours c'est pas long ! grogne Freddy, en allumant une nouvelle Camel.

La cinquième d'affilée et pour ça, il doit lâcher le volant, happer la cigarette d'une main tremblante dans le paquet posé sur le siège passager, actionner le briquet et évidemment la bagnole en profite pour zigzaguer.

– T'inquiète pas ma grande, j'arrive, murmure Freddy.

Il pense à Laura. Elle a sûrement faim. Il n'est pas venu à la cabane depuis trente-six heures. Les pilules la font dormir, mais pas durant trente-six heures. Elle doit être ankylosée, allongée sur ce lit inconfortable. Les liens sont lâches, assez pour qu'elle puisse bouger, s'asseoir, se mettre debout, faire cinq ou six pas jusqu'aux toilettes chimiques. Pas assez pour qu'elle puisse décoller le sparadrap qui l'empêche de crier.

– Je ne veux pas te faire du mal, ma grande, gémit Freddy à voix haute. Je suis obligé d'agir de cette façon. Un jour, tu comprendras et tu me remercieras. C'est terrible, oui terrible et douloureux. Je te demande pardon.

Les larges épaules de Freddy tressautent contre le siège de la Clio. Il pleure. Il ne sait pas très bien s'il pleure sur le sort de Laura ou sur le sien, ce qu'il vit depuis onze jours, sur ce qu'il a vécu durant tant de longues et insupportables années. Il a l'impression que le malheur s'acharne sur lui, qu'un Dieu méchant l'a repéré et s'évertue à lui gâcher la vie.

Encore dix kilomètres et il atteindra la baraque. Freddy consulte sa montre. Il a traîné. Il ne pourra accorder que quinze à vingt minutes à Laura. Elle sera déçue. Elle pleurera, comme d'habitude, refusera de s'alimenter, mais il la forcera, de même qu'il la forcera à marcher.

Deux jours à tenir. Deux immenses journées avant d'obtenir enfin ces soixante-douze heures de congé qu'il attend avec impatience. Deux jours durant lesquels le danger s'épaissira, deux jours durant lesquels il priera Dieu de lui foutre la paix.

– Je n'y peux rien, Laura, si tout s'est si mal goupillé, se plaint Freddy. Je sais que tu es malheureuse, mais moi aussi et depuis très longtemps.

Il a déconné. Il se rend compte à quel point il a déconné, commis un nombre incroyable d'erreurs qui auraient pu avoir de graves conséquences. Tout n'est pourtant pas de sa faute. Freddy ouvre la radio afin que les sons détruisent le silence. Trop de silence aide sa mémoire à régurgiter ce qu'il a foiré.

– Nouvelle réplique du tremblement de terre à Haïti cette nuit, annonce le journaliste de France Inter. D'autres victimes sont…

Freddy n'écoute pas. La radio lui rappelle une des circonstances qui ont compliqué sa mission et provoqué des erreurs. Le plan Alerte Enlèvement. Quel ramdam. La région envahie par les gendarmes, les militaires, les policiers, les journalistes. Chaque déplacement devenait dangereux. De toute façon, il ne disposait d'aucun jour de congé permettant le transfert de Laura en Bretagne, et même s'il les avait eus, parcourir huit cents kilomètres au volant du Transit équivalait à un suicide. Des photos de la fille apparaissaient partout.

– Ma grande, ce déplacement était impossible, nous courions à l'échec et ça…

Freddy frissonne. L'idée de perdre Laura l'anéantit. Il a dépensé tellement d'énergie pendant une si longue période, il a consenti à tant de sacrifices pour parvenir enfin à cette journée du 12 juillet, qu'un échec serait une abominable catastrophe.

– Ah non ! Non, mille fois non ! s'emporte Freddy, en cognant du poing le volant de la Clio.

Cet accès de violence le détend. Il esquisse un sourire et dit :

– Tu es le roi des cons quand tu t'y mets ! Elle est à l'abri dans la cabane. Elle ne risque rien. Jamais je ne la perdrai. Plus jamais.

Il ralentit un peu parce qu'il pense à la Bretagne. À la maison de sa mère qu'il a longuement et amoureusement préparée pour l'arrivée prochaine de Laura. Elle sera confortablement installée dans la pièce du sous-sol, en attendant qu'elle comprenne pourquoi il la garde prisonnière dans cette maison perdue sur la lande. Il a percé une trappe dans un mur, creusé un court tunnel qui accède à la pièce située sous le garage. On ne voit rien si on ne se doute de rien. La future chambre de Laura est insonorisée.

– Tu t'occuperas bien d'elle, maman, a dit Freddy à sa mère, après lui avoir exposé son projet, une fois les travaux terminés. Je compte sur toi.

Quatre ans de chantier. Un boulot harassant, qu'il ne pouvait entreprendre que durant ses congés.

Sa mère éclate de rire.

– Tu es complètement fou, mon fils, lui dit-elle chaque fois qu'il évoque son projet.

Elle n'y croit pas. Elle n'a aucune confiance en lui, mais c'est elle qui est folle, complètement hors du temps, gavée de ces saletés de médicaments que lui fourguent des médecins sans scrupule. « Nous ne l'internons pas parce qu'elle accepte le traitement médical et s'y soumet scrupuleusement », prévient un des toubibs, un soi-disant grand ponte, le professeur Machinchose.

Freddy a oublié son nom. D'ailleurs, il s'en fiche. L'essentiel est que Machinchose n'interne pas sa mère. Elle se situe peut-être aux frontières de la folie, mais elle conserve assez de lucidité, assez d'amour pour son fils et assez de forces physiques pour s'occuper de Laura durant quelques mois.

Le temps que Freddy regagne définitivement la Bretagne et commence une nouvelle vie auprès de Laura.

– Ma chérie, murmure Freddy, au bord des larmes. Oh, Laura ma chérie, pardonne-moi.

Prononcer ce prénom détestable le met un peu en colère. Le chagrin s'estompe. Il touche au but, après tout. « Pas encore, lui souffle une voix mauvaise, non, pas encore, tu es si nul parfois... Tu as beau te trouver des excuses en invoquant le plan Alerte Enlèvement, tu as commis tant de grossières erreurs que tu peux en commettre encore d'autres et tout faire capoter. »

– D'accord ! s'énerve Freddy, comme s'il s'adressait à un passager assis à côté de lui ou à l'arrière de la Clio. Tu crois que c'était si simple de parvenir à ce samedi 12 juillet ? J'en ai bavé !

Il rétrograde. En troisième. Il arrive bientôt, alors autant se calmer, ne pas avoir un accident. Ce n'est sûrement pas le moment d'emboutir un arbre. Il doit repenser aux erreurs commises, les analyser afin de ne pas retomber dans les pièges que le hasard place sur son chemin.

– Le hasard, mon œil ! bougonne Freddy. Maman a raison, parfois je suis nul et je tombe dans le trou que j'ai creusé.

Perdre son portable ! Comment a-t-il pu commettre une pareille bourde ? Tous ses contacts enregistrés, ses appels passés. N'importe quel flic de base sera capable d'interroger le téléphone. Bordel de merde, s'insurge Freddy, dans quel endroit pourri on retrouvera le Samsung ? Il se voit l'utiliser juste avant qu'il ne repère Laura dans ses jumelles. La fille marche sur la route, puis s'enfonce dans les roseaux avant de réapparaître sur la départementale. Elle semble chercher quelqu'un ou quelque chose. Il la suit. Détermine l'endroit où elle ressortira des roseaux, débouchera sur le chemin de terre qu'il aperçoit un peu plus loin. Il dispose de moins de dix minutes pour récupérer le Ford et être là au bon moment au bon endroit et profiter qu'il n'y ait pas âme qui vive à perte de vue.

A-t-il utilisé le portable en conduisant ? Oui... Non... À son arrivée, à l'intérieur de la cabane ? Oui... Non... Des jours après, lors d'une visite à Laura ? Il se sert peu du portable : des conversations privées destinées à sa mère, deux ou trois amis bretons, quelques contacts indispensables à joindre hors des réseaux téléphoniques habituels. Ses souvenirs s'embrouillent. Tout est allé si vite ce samedi-là ainsi que les jours suivants. Surtout cette nuit du 12 au 13. La panique régnait partout, alors un téléphone posé à un endroit ou à un autre, mis dans une poche ou dans une autre... Si un promeneur le ramasse dans les roseaux, au bord du lac du Serpent, quelle explication donnera-t-il ?

Le Samsung n'est rien à côté de Linlin.

Freddy sent son visage se décolorer. Le sang se coagule dans ses veines. Son cœur devient un tam-tam de peur. Quelle affreuse scoumoune, aussi ! Il est convaincu qu'elle le poursuit depuis le jour de sa naissance, mais bon Dieu, elle aurait pu le lâcher au moins ce samedi-là, durant deux heures ! Deux heures, ce n'était pas le bout du monde ! Il ne demandait pas davantage.

En pensant à Linlin, Freddy manque de rater l'embranchement du long chemin de terre qui mène à la cabane où est caché le Ford Transit. Et Laura. Heureusement, il ne pleut pas depuis trois semaines et le chemin est praticable. Freddy a enlisé une fois le fourgon, après des pluies diluviennes, et le sortir de la boue lui a demandé un temps fou. La scoumoune, encore. Il roule en première, slalome entre les trous et les grosses pierres. Linlin lui revient en mémoire.

– Une crise juste à ce moment-là et le zinzin à côté, gémit Freddy. Putain, je n'ai vraiment pas de bol.

Il a dû s'arrêter, sentant la crise venir. La nuque raide. Un atroce mal de tête. Il aurait pu le prévoir. Dû le prévoir. Ce qui venait de se produire était si violent que son corps accuserait le contre-coup. Il avait jeté la fille dans le camion, exactement comme on balance un paquet. Il lui avait fait mal, si mal qu'elle n'avait pas même crié. La douleur avait étouffé ses cris. À moins que ce ne soit la surprise. Ou la violence du bâillon, de la cagoule, des liens.

– Pardonne-moi, ma grande, je n'avais pas le choix, s'excuse Freddy.

En dépit de la douleur, il était parvenu à engouffrer le camion dans le goulet entre les roseaux et à suivre le sentier jusqu'à sa planque habituelle. Ses épaules tressautaient. Il tenait à peine le volant. Le temps de mettre le frein, de couper le moteur et il vomissait. Dans le Transit. Puis au-dehors. Il avait un mal de chien à rester debout, même en s'appuyant au camion. La crise lui avait semblé interminable car il lui fallait repartir vite, très vite. Le temps manquait. Il disposait de moins d'une heure pour mettre Laura hors d'atteinte.

Chaque minute comptait. Chaque seconde.

Avant de remonter dans le fourgon, Freddy s'était avancé jusqu'à la haie de roseaux, afin que le sang circule à nouveau d'une façon normale dans ses jambes tétanisées.

– Nom de Dieu ! brame Freddy, en frappant une nouvelle fois le volant du Transit.

La colère le submerge en repensant au gosse endormi. Il ne bougeait pas. Linlin l'avait-il vu ? Sans doute pas, tellement son sommeil était profond.

– Il est comme mort.

Il s'était dit ça, mais il s'était dit aussi que si le maboul avait vu le camion, l'avait vu lui, entendu parler à Laura bâillonnée, il était bel et bien foutu.

– T'es comme mort, hein ? avait demandé Freddy, en s'accroupissant puis touchant un bras de Linlin qui demeura inerte.

– J'aurais dû… oui, j'aurais dû, grogne Freddy, en se tassant le plus possible dans l'ombre de l'intérieur de la Clio.

Il ne tient pas à se voir dans le rétroviseur. À découvrir l'horreur qui tord son visage parce qu'il vient de repenser à ce qu'il aurait dû faire afin de se protéger et de protéger Laura car la possibilité que le zinzin ait tout vu existe.

– Je n'avais pas le temps, dit encore Freddy.

Sa bouche évacue alors un énorme soupir de soulagement. Oui, c'est exactement ça, il n'avait pas le temps, voilà.

Ce qui s'était produit là-bas était la pire erreur commise durant ce samedi 12 juillet, jour à la fois maudit et pourtant d'immense bonheur.

– Linlin doit disparaître de la région, décide Freddy, en apercevant la baraque de rondins, en grande partie dissimulée par des arbres, mais la lumière des phares s'immisce entre les troncs.

Le garçon, tout zinzin qu'il soit, n'en constitue pas moins un danger permanent. Il doit disparaître. D'une manière ou d'une autre.

– Pas celle-là, non, pas celle-là, se révolte Freddy, terrifié à nouveau par la pensée qui lui traverse l'esprit.

Les dangers, autour de lui, sont des ombres qui rôdent en attendant le moment de l'étouffer. La scoumoune ne le quittera pas. Elle l'aime trop. Il est une victime idéale, accumulant erreur sur erreur. Des forces de police patrouillent encore autour du lac du Serpent et dans les environs. Elles continuent à poser des questions, même si celles-ci sont de plus en plus répétitives et de moins en moins nombreuses.

Elles en posent à la fille. Alice. Un danger supplémentaire, juge Freddy en coupant l'éclairage puis le moteur de la Clio. Il descend, ouvre le cadenas, fait tomber les chaînes.

– Je suis là, Laura. N'aie pas peur, c'est moi.

Freddy entre dans la baraque. Il attend quelques secondes avant d'allumer les deux lumogaz. Il se reconstruit un visage apaisé, souriant. C'est toujours une épreuve de découvrir la fille inerte, étendue sur le lit. Il doit se blinder afin de retenir ses larmes. Il parle d'abord dans l'obscurité :

– Laura… Laura, tu m'entends maintenant, je suis là, tout près. Je déteste ce prénom. Tu t'habitueras, je te le promets. Tu comprendras plus tard pourquoi tu endures ça. Tu m'aimeras, oh oui, tu m'aimeras, ma grande, j'en suis certain. Parfois, accéder au bonheur est quelque chose de violent.

Freddy cesse de bredouiller. Cette façon de parler dans le noir est pire que tout. Il l'effraie au lieu de la rassurer. Il allume le lumogaz le plus proche, le tend vers le lit de camp. Il réalise aussitôt que Laura n'a même plus la volonté d'utiliser les toilettes chimiques disposées près du lit.

– Mon Dieu, Laura, dit Freddy… Pardon… pardon… Tu seras libre dans deux jours et notre cauchemar prendra fin.

7 - ALICE

Jeudi 24 juillet

– Tu crois qu'ils nous tueront aussi ? demanda Gabin à Alice, alors qu'ils étaient censés faire la sieste à l'ombre d'un parasol disposé sous un cerisier.

« Je t'interdis de quitter la maison ! avait ordonné sa mère. Je te préviens que je ne parle pas dans le vide : l'interdiction est totale ! Alice, je t'en supplie, ne quitte pas ton frère des yeux. »

– Mais non, on ne risque rien, ce ne sont que de sinistres crétins, répondit Alice d'une voix dépourvue de conviction. Lis ton bouquin tranquillement.

Elle accompagna les paroles rassurantes d'une caresse sur l'épaule de son frère.

– J'aime pas lire, ronchonna Gabin. Ce livre est tout con, il y a plein de trucs magiques qui n'arrivent jamais. Si les crétins reviennent, je les flingue.

– Je déteste ta façon de parler ! Tu te crois malin ?

Alice observa son frère. Il se tenait debout près du transat en plastique sur lequel reposait le roman qu'il trouvait « tout con ». Gabin bandait l'arc avec lequel il comptait flinguer le malade mental qui avait lancé durant la nuit un cocktail Molotov sur la maison de la famille Quitani. Une ficelle pendouillait entre les deux extrémités d'une branche de saule et ce qui était prévu comme flèche meurtrière pendouillait à la ficelle. Alice émit un sourire fragile.

– T'es sympa Gabin de nous protéger. Merci.

Elle toussota, avala son sourire et se composa un visage empreint de sévérité.

– Fais gaffe quand même, on n'est pas dans *Tintin en Amérique* et puisque tu détestes les romans fantastiques, n'oublie pas que ton arc n'est pas la baguette magique d'Harry Potter. Il ne transformera pas les salauds en grenouille inoffensive.

Elle hésita, considéra Odyssée qui dormait sous le transat, puis ajouta :

– N'oubliez pas, Tintin et Milou, que vous ne bougez pas de la maison. Sous aucun prétexte.

– Tu ne causes pas mieux que moi, releva Gabin.

Que sa sœur emploie le mot « salaud » lui parut un encouragement. Il poursuivit :

– C'est vachement chiant de rester ici du matin au soir. Ça va durer longtemps ?

Alice soupira. Allongea les jambes sur son transat.

– Dis, tu la fermes cinq minutes que je puisse bouquiner, parce que moi, j'aime lire ! Je ne veux plus t'entendre ! Si tu montais jouer dans ta chambre ?

– Je peux ? Maman a dit que tu ne dois pas me quitter des yeux.

– File. Une heure de jeux sur ton ordinateur, d'accord. Tu ne le dis pas aux parents quand ils rentrent.

– Youpiiiii ! Vachement sympa, Alice ! Tu viens Odyssée, on se tire !

La chienne ouvrit les yeux et bâilla. Elle suivit Gabin qui courait vers la maison. Elle adorait son maître, car c'était bien lui le vrai maître. Pourtant, Gabin allait la maltraiter en l'installant sur ses genoux, devant l'écran de l'ordinateur et en hurlant d'une façon hystérique ses exploits concernant des jeux passablement idiots. En outre, il prenait la patte de la chienne, lui apprenait (« Si, Alice, je te jure qu'elle fait des progrès ! ») à manier la souris et même à taper des mots sur le clavier.

Alice soupira une nouvelle fois. Ouf, elle était enfin délivrée de la surveillance de son frère et allait pouvoir se concentrer sur le bouquin qu'elle relisait afin de le proposer prochainement peut-être à Jean-Alain. *L'Équilibre du monde* de Rohinton Mistry. Neuf cents pages ! Il durerait jusqu'à la fin de l'été.

Elle lut dix lignes. Impossible de comprendre le sens des phrases. Les mots dansaient sous ses yeux comme s'ils étaient des particules de papier posées sur des vagues. Alice pensait à ses parents qui étaient chez les Quitani depuis plusieurs heures. Ils n'étaient pas partis travailler afin d'être aux côtés de Zoé et Richard Quitani. « Comme s'ils n'en bavaient pas assez avec leur fils, avec ce qui est arrivé l'autre nuit, avec ces accusations ridicules, avec… ! » s'était emporté Noé quand ils avaient appris la nouvelle, tôt le matin.

Le cocktail Molotov, lancé à travers une fenêtre dépourvue de volets, au rez-de-chaussée, n'avait pas causé de dégâts importants. La pièce était une ancienne cuisine d'été, inutilisée et donc à peu près vide. Les flammes s'étaient contentées de lécher les murs et de brûler un banc de bois. Richard Quitani avait étouffé ce qui restait de l'incendie à l'aide d'un extincteur puissant. Un appel téléphonique l'avait prévenu :

– Votre maison est en feu, au rez-de-chaussée. Quittez la région et emportez votre obsédé sexuel si vous tenez à le protéger. Ce premier avertissement ne sera suivi d'aucun autre.

L'appel provenait d'une cabine téléphonique située à l'entrée de Sponge. L'unique cabine subsistant en ville.

– Le salopard responsable de ce crime, avait dit le brigadier Carole, a balancé sa bombe et s'est tranquillement déplacé jusqu'à Sponge, soit cinq à six minutes de route avant d'appeler. Ces six minutes auraient pu déboucher sur une catastrophe.

– Sur trois meurtres, corrigeait le père d'Alice.

– Les Quitani devraient s'éloigner du lac du Serpent durant quelques mois, pensait Lucie.

Elle le disait d'une voix hésitante, teintée de tristesse, reconnaissant qu'agir ainsi serait encourager la violence et la bêtise.

– Ils ne veulent pas en dépit des conseils qu'ils reçoivent de partout, même de la gendarmerie, et ils ont raison ! explosait Noé Amiliane. Richard affirme que des abrutis peuvent réduire la maison en cendres, ils ne bougeront pas, quitte à dormir dans une caravane ou à dresser une tente dans le parc ! Et nous les aiderons autant que possible à faire face.

La colère du père d'Alice s'alimentait d'une formule qu'il reprenait sans cesse : « l'incroyable nullité des flics ».

– Bientôt deux semaines et la gamine… Quelle incroyable nullité !

Son regard fuyait Alice et Gabin. Évoquer Laura, une disparition qui s'éternisait, revenait à évoquer l'horreur. Sa colère, axée sur la responsabilité des gendarmes, éloignait le fantôme de l'adolescente.

– Douze jours ! Douze jours et ils en sont toujours à emmerder Linlin, ses parents, et à rechercher un prétendu camion blanc que ce pauvre gosse aurait vu ! Pas étonnant qu'une attitude aussi stupide encourage en définitive un cinglé. Il se prend pour un justicier façon western en lançant un cocktail Molotov sur le château Quitani.

Alice referma *L'Équilibre du monde*. Elle récupéra aussi le roman qu'elle avait vainement proposé à Gabin.

– Tu dois l'avoir terminé ce soir !

Elle feuilleta le livre et éclata de rire en dépit de la tension qui l'habitait. Son frère comptait le terminer en arrachant des pages. Il en manquait une bonne quinzaine et si elle avait maintenu son ultimatum, il en aurait probablement arraché autant, jusqu'à parvenir à un amaigrissement suffisant.

– Tu as raison, p'tit frère, commenta Alice, d'une voix morne, les livres ne servent à rien, ils ne sont pas assez forts contre ça.

Sa tête pivota du côté de la maison des Quitani. Le château était trop éloigné pour qu'elle puisse l'apercevoir entre les branches des arbres. Alice se dirigea vers la terrasse, son poste d'observation privilégié. Jean-Alain ne serait sans doute pas dehors. Elle le voyait assez peu, maintenant, et n'avait pas repris les séances de lecture depuis le samedi 12 juillet, jour des événements, selon l'appellation de Zoé Quitani.

– Pourquoi tu ne proposes plus de lectures à Jean-Alain ? avait-elle demandé, deux jours auparavant. Vous pourriez aller dans sa chambre au lieu de croiser nos visages de parents malheureux. Vous seriez tranquilles, là-haut.

Alice était devenue pivoine. Zoé s'était méprise.

– Mon Dieu, ma chérie, ce n'est pas parce que... Tu ne penses pas que notre fils joue un rôle... Laura...

– Non, pas du tout, s'était empressée Alice, son visage passant de l'écarlate au blanc. Bien sûr que non, je sais bien que Jean-Alain... Je viendrai jeudi ou vendredi commencer un nouveau livre que j'ai adoré. Il est si long qu'il durera tout le mois d'août. L'histoire se passe en Inde, à Bombay. Dina est une femme qui...

Elle s'était jetée dans une course effrénée de mots, si décousue que Zoé Quitani l'avait interrompue en l'embrassant sur chaque joue.

– Rentre chez toi, ma chérie, il est tard et tes parents commenceront à s'inquiéter. Si tu veux bien, tu liras comme d'habitude en bas et j'assisterai à la lecture de ce bouquin si emballant.

La maison des Quitani et celle de leurs voisins si proches semblaient inhabitées. Des maisons endeuillées. Alice avait l'impression que toute la région était endeuillée. Plus personne ne riait. Les conversations se tenaient sur le bout des lèvres et s'accompagnaient de regards craintifs lancés en direction des rives du lac du Serpent. Elle-même observait les eaux calmes avec répulsion. Laura avait disparu. Un fou incendiait la maison de Jean-Alain. Le jeune homme devenait un pestiféré qui provoquait la haine d'inconnus proférant des réflexions désobligeantes ou méchantes.

Alice s'était assise dans l'herbe, en tailleur, et avait déposé les livres entre ses genoux. Elle n'avait ni énergie ni envie d'entreprendre quoi que ce soit. Elle rêvait d'un départ. Fuir les rives du lac du Serpent. Aller vivre dans un autre endroit, en compagnie de son frère et de ses parents, au moins durant ces mois d'été. La rentrée au lycée lui apparaissait comme un paradis promis, mais trop lointain. Elle arracha une touffe d'herbe, réduisit les brins en charpie.

– Tu abandonnerais Jean-Alain ? Ça serait une attitude dégoûtante.

Elle murmurait. Se parlait. S'encourageait à ne plus être cette chiffe molle incapable de se bouger. Elle se remit à évoquer pour la millième fois cette soirée du samedi 12 juillet. Elle y revenait malgré elle et malgré la permanence de ce souvenir, ses joues s'empourpraient toujours.

– Tu parles d'un cadeau d'anniversaire ! dit Alice.

La tristesse la submergea. Vouloir rendre Jean-Alain heureux s'était soldé par un désastre. Est-ce qu'un Dieu impitoyable punissait son audace ? Mais alors, pourquoi punir le garçon ?

Elle retint ses larmes. La vie délivrait ses lots d'injustices avec perversité et cynisme. Elle s'acharnait sur certaines personnes à l'issue d'un tirage au sort complètement dingue. Ainsi, Jean-Alain souffrait d'un handicap qui abîmait ses dix-sept ans et alors qu'Alice essayait de lui prouver qu'un ciel bleu existait, une main puissante appuyait sur la tête du jeune homme afin de la repousser sous l'eau d'où elle émergeait grâce à elle.

– Mais c'est aussi ta faute, Jean-Alain, se révolta Alice, tout en continuant d'arracher des touffes d'herbe afin de les réduire en bouillie. Pourquoi tu ne veux pas me raconter ?

Elle avait essayé.

– Qu'est-ce que tu as fait après… après tu sais quoi dans ta chambre ?

– Secret… secret… répondait Jean-Alain.

– Oui, d'accord, on l'a juré tous les deux et jamais personne ne le saura. Mais tu as disparu pendant des heures, tu étais au bord du lac ou je ne sais où. À moi, tu peux raconter.

Il riait. Agitait les bras. S'agitait et s'énervait.

– Couru… couru…

Il avait posé un index en travers des lèvres d'Alice.

– Chut !

Alice avait essayé la colère après la gentillesse.

– Si tu ne me racontes pas, je ne viendrai plus te lire les romans que j'aime. D'ailleurs, je ne t'adresserai plus la parole.

L'abondance des mouvements s'était transformée en immobilité inquiète.

– Non… veux pas…

– Si, je le ferai, je te le jure, avait insisté Alice, certaine de toucher au but.

Il s'était concentré. Son front s'était couvert de rides anxieuses et une sorte de ronflement rauque sortait de sa poitrine. Alice avait été un peu effrayée et regrettait ses menaces. Mais, alors qu'elle allait les retirer, Jean-Alain avait extirpé de sa tête les mots qu'il cherchait.

– Couru encore… crié fort… endormi dans les roseaux…

– Tu as dormi ? s'était étonnée Alice.

Il avait secoué la tête avec énergie.

– Oui… oui… non… non…

Elle s'était découragée. Entamer un dialogue était trop souvent épuisant et désespérant. Elle abandonnait.

– Ce n'est pas grave, Jean-Alain. Tu me raconteras plus tard quand la mémoire te reviendra.

Le garçon lui avait pris le bras.

– Non… Camion blanc… connais dégueule.

Bon, le camion blanc ! Linlin avait raconté ça aux gendarmes. Tout le monde le savait, dans la région. Les autres mots étaient dépourvus de sens. Elle lui en avait fait la remarque en haussant les épaules.

– Un camion blanc qui dégueule, bravo ! Salut, à plus tard. Tu me fatigues.

Alice observa à nouveau la maison morte des Quitani. Elle était certaine que Jean-Alain savait quelque chose. Elle opta pour la colère, comme si celle-ci allait la réveiller, lui communiquer l'énergie qui lui faisait défaut.

– C'est quoi cette connerie de camion blanc qui dégueule ? Tu pourrais quand même te forcer un peu, Linlin ! C'est trop facile de te planquer dans ton monde de barge.

Elle se releva sans l'appui des mains au sol, dit « camion blanc », puis : « J'ose ou je n'ose pas ? » Elle avança de quelques pas vers l'entrée de la maison. Gabin se montra à la fenêtre de sa chambre.

– Je m'ennuie vachement tout seul et toi tu t'ennuies aussi. Tu causes toute seule comme une vieille, je t'ai vue. On joue ensemble à l'ordi ?

Alice prit alors sa décision. Elle oserait.

– Plus tard. Je dois téléphoner.

Le camion blanc.

Depuis le matin, la découverte de la tentative d'incendie du château Quitani, les bribes de phrases désarticulées prononcées par Linlin lui revenaient en mémoire tel un boomerang inquiétant. Elle avait voulu les oublier. Des mots dépourvus de sens. La spécialité de Jean-Alain. Des vagues roulaient dans son cerveau, y déposaient leur vacarme que lui seul entendait et lorsque la mer en furie se retirait, elle abandonnait l'écume. Quelques mots. Le mercredi, veille de l'incendie, alors qu'Alice traînait comme d'habitude autour de chez elle, après une rapide visite à Jean-Alain qui avait refusé de quitter sa chambre, alors qu'elle feuilletait en vain un livre ou un magazine, alors qu'elle s'était résolue à promener Odyssée autour du lac, en dépit de son appréhension, alors qu'elle cherchait surtout à se débarrasser de Gabin qui lui tapait sur les nerfs, alors…

Alice tressaillit en se remémorant tout ce qu'elle avait fait ou tenté de faire avant de sortir de chez elle.

L'homme au camion blanc était passé à plusieurs reprises sur la départementale. Pas un véritable camion, non, plutôt un camping-car. Alice ne lui avait pas prêté attention, jusqu'à ce qu'Odyssée s'échappe, fonce droit devant elle et ne réponde à aucun des appels. Elle avait dû marcher beaucoup plus longtemps que prévu. Le camping-car – cette fois, elle s'était rendu compte qu'il s'agissait d'un camping-car – était garé sur un dégagement réservé aux Ponts et Chaussées. L'individu regardait dans des jumelles. Un appareil photo pendait à son cou. « C'est bien la maison du dingue ? » avait demandé l'homme, plutôt gros, plutôt petit, plutôt antipathique, selon l'avis immédiat d'Alice.

Elle n'avait pas répondu mais avait croisé deux fois encore le camping-car après avoir récupéré Odyssée. Il rôdait autour de la maison Quitani. Alice, sans comprendre pourquoi elle faisait ça, avait appris par cœur le numéro minéralogique. Une attitude ridicule, calquée sur ce qu'elle voyait dans les films ou lisait dans les bouquins, mais elle n'était qu'une fille marchant autour d'un banal lac et ça n'avait rien de romanesque.

Ce jeudi matin, son réflexe ne lui paraissait pas si ridicule, du moins jusqu'à ce qu'elle en parle à ses parents. Sa mère ne l'avait même pas écoutée. Elle était effondrée, appliquait un mouchoir mouillé contre sa bouche et répétait :

– Comment peut-on être aussi violent et bête ?

Noé avait coupé d'une remarque ironique et définitive les délires de détective amateur de sa fille.

– Tu disjonctes, ma grande. Un salaud qui incendie une maison ne rôde pas autour d'elle peu de temps après, alors que la police sort de chez les Quitani.

« Évidemment », avait pensé Alice. Néanmoins, les lignes écrites sur une feuille glissée sous l'ordinateur de sa chambre continuaient à la poursuivre.

Camping-car blanc. Marque : Challenger

Immatriculé : AB-249-PY.

Et maintenant, sa décision était prise. Elle appellerait l'adjudant qui commandait la brigade de Sponge et tant pis s'il se moquait d'elle. Elle possédait le numéro de téléphone de son portable. Il le lui avait communiqué en déclarant : « N'hésite pas à l'utiliser, Alice. De ta maison, tu domines la route et le lac. Tu vois beaucoup de choses. Si tu remarques des allées et venues d'inconnus, des personnes qui te sembleraient suspectes… » Il avait hésité, puis souri en considérant avec embarras l'extrémité de sa cigarette allumée. « Surtout des jeunes traînards, genre voyous pas vraiment intéressés par la baignade. La drogue sur la plage… En ce moment, la faune de la grande ville commence à déraper du côté de la cambrousse. La période de l'été est propice et je ne veux pas de ce cirque chez nous. Tu appelles et je te réponds personnellement. Aucun autre gendarme ne le saura ni personne d'ailleurs. Désolé de te demander ce service, mais on manque d'effectifs et on ne peut pas être partout, hélas. »

La proposition avait déclenché la colère de Noé.

– Ce nouveau flic se fout du monde ! Il ne manque pas d'air : utiliser une adolescente comme indic, bravo ! On pourrait porter plainte. Alice, je t'interdis de tenir compte de cette lamentable proposition.

La mère d'Alice s'était montrée plus conciliante.

– Pas de quoi s'énerver. Pour une fois que nous disposons d'une brigade de gendarmerie efficace, soucieuse de la sécurité des riverains... Nous sommes les premiers à râler quand la police n'agit pas. Alice est présente l'été, disponible, elle voit ce qui se passe. Témoigner d'une situation anormale ne me paraît pas scandaleux.

– Ma fille mineure transformée en indicatrice des Renseignements généraux, non mais je rêve ! On devient fou dans ce pays ! Je maintiens mon interdiction !

Interdiction de Noé ou non, Alice conservait le numéro du portable dans le carnet à secrets de sa chambre. Ce ne serait pas la première fois qu'elle désobéirait à son père.

Elle s'enferma dans le bureau de ses parents où se trouvait un des deux téléphones de la maison. Gabin n'entendrait pas la conversation. Elle composa le numéro. Sonnerie. Attente. Messagerie.

– « Pacino. Inutile de laisser un message. »

– Super ! s'exclama Alice.

La sécheresse désobligeante du message l'étonna. L'adjudant confiait son numéro de téléphone et non seulement il ne répondait pas mais il décourageait les correspondants.

– Pas si bon flic que ça, estima Alice, en pensant à la générosité du jugement de sa mère.

Elle patienta dix minutes et recommença.

– « Pacino. Inutile de laisser un message. »

Elle n'appellerait pas la gendarmerie. Alice imagina ce qui se produirait. Un gendarme inconnu décrocherait. Ou pire, Noureddine Hallack.

– Heu… J'ai vu un camping-car blanc.

Ridicule ! Elle avait entendu le brigadier Aubac confier à ses parents, le jour de son premier « interrogatoire » à Sponge (« parce que tu connais très bien Linlin ») :

– C'est incroyable le nombre d'ahuris qui nous appellent sous prétexte qu'ils ont croisé une voiture blanche ou un camion blanc supposés suspects. On a même…

Le gendarme avait émis une grimace d'écœurement avant d'ajouter :

– On a même des personnes qui disent que Linlin a été vu rôdant autour des filles de leur quartier.

Téléphoner au numéro personnel donné par l'adjudant était beaucoup moins embarrassant.

Alice fouilla la bibliothèque de ses parents, à la recherche d'un titre intéressant. Elle tuait le temps. Elle recomposa dix fois le numéro au cours de l'heure qui suivit.

– « Pacino. Inutile de laisser un message. »

Alice promenait Odyssée quand elle vit la Peugeot bleue de la gendarmerie avancer à sa rencontre.

– Je t'accompagne ! avait hurlé Gabin, depuis la fenêtre de sa chambre.

– Maman et papa ne veulent pas !

Mensonge. Elle abandonnait son frère à leur garde, trop satisfaite de fuir l'ambiance sinistre de la maison et les questions incessantes de Gabin. Noé et Lucie, depuis leur retour du château Quitani, parlaient peu. Ils semblaient se replier sur le malheur qui frappait pour la deuxième fois les rives du lac du Serpent.

Alice éprouva d'abord une sorte de soulagement en constatant que l'adjudant n'accompagnait pas Noureddine Hallack, le gendarme qu'elle aimait bien. Il lui aurait fallu avouer ses appels répétés, ce répondeur qui radotait son message blessant et maintenant, elle percevait le ridicule de son insistance à vouloir être absolument le témoin essentiel d'un fait divers si abominable.

– Salut, Alice, fit Nour Hallack, quand la Peugeot accosta près d'elle. Je crois que tu connais le maréchal des logis Hervé Dulac ?

Oui, elle le reconnaissait. Elle avait oublié son grade et son nom mais se souvenait de la sévérité du gendarme lors de son « interrogatoire » dans les locaux de la gendarmerie. Une voix cassante. L'ironie appuyée. Parfois l'impolitesse à la limite de la vulgarité, qu'il se plaisait à souligner d'un regard de défi.

– Pourquoi l'adjudant ne vient plus ? demanda Alice, trop vite et d'une voix qui masquait mal sa déception de croiser le maréchal des logis détesté à la place de son collègue apprécié.

– Le grand chef n'a plus le temps de s'occuper des petits boulots ! ricana Dulac, en exhibant au maximum ses dents blanches, comme s'il participait à l'émission *Nouvelle Star.*

Hallack balança un coup d'œil dubitatif et sévère à son collègue.

– Ça me paraît plutôt raisonnable, compte tenu du binz que l'on vit en ce moment. Ce serait assez moche que le commandant de la brigade utilise son temps à se balader autour du lac sous prétexte de faire des rondes. Al est submergé, il bosse jour et nuit.

Hervé Dulac haussa les épaules, fit « Ouais… ouais… », puis sourit et ajouta :

– À mon avis, du temps il en gaspille pas mal et ferait mieux…

Il s'interrompit, jeta son menton du côté d'Alice qui s'était penchée afin de voir l'intérieur de la voiture, et adressa un clin d'œil à Nour, indiquant ainsi que dévoiler le fonctionnement de la brigade en public n'était pas une idée formidable. Il tendit le bras droit devant lui et dit :

– On a aussi du pain sur la planche. Allez, on y va.

Il présenta son visage aux joues molles à Alice, esquissa ce qui aurait dû être le sourire banal accompagnant une plaisanterie mais se transforma en grimace de mépris.

– Malgré le plaisir qu'un gendarme peut éprouver lorsqu'il rencontre des jeunes filles, il doit penser au travail. Tu es de mon avis, Nour ? Dans ce cas, embraye.

Alice conserva ses mains appuyées sur le rebord de la vitre baissée. Elle se pencha davantage, fixa Noureddine, sourit et dit d'une voix douce qu'elle accompagna d'un soupir :

– C'est vraiment dommage que monsieur Pacino ne vous accompagne pas, monsieur Hallack.

Nour lui sourit en retour. Il parut embarrassé. Il détourna la tête, concéda :

– Nous sommes tous un peu tendus depuis la disparition de Laura.

Dulac intervint.

– Et je te rappelle que nous sommes ici pour cette raison. Une énième ronde autour de ce foutu lac, comme si on pouvait récolter de nouvelles informations après douze jours de néant. Bon, Al l'exige, on obéit au chef. Pas vraiment le choix.

Nour fit celui qui n'avait pas entendu. Son regard vint se poser à nouveau sur Alice.

– Tu te promènes ?

– Je promène ma chienne.

Alice se redressa, siffla, appela : « Odyssée ! » La chienne jaillit des broussailles et accourut ventre à terre.

– Ça t'ennuierait de nous accompagner autour du lac si tu n'as rien de particulier à faire ? dit Nour.

– Vous accompagner ?

– Il y en a pour un quart d'heure, pas davantage.

– C'est quoi cette connerie ? s'énerva le maréchal des logis. Y aurait un truc que j'aurais pas compris ?

Nour s'adressa à Alice.

– Je sais que ma proposition peut paraître bizarre. Tu vis au bord du lac, Alice. Tu passes le plus clair de tes journées dehors. Ton cerveau enregistre des images de façon consciente et inconsciente. Peut-être en existe-t-il une ou plusieurs, que tu crois effacées de ta mémoire, qui ressurgiraient à l'occasion d'une ronde accomplie ensemble. Ça vaut le coup d'essayer.

Alice s'aperçut que Nour commençait à bredouiller et à rougir, comme s'il se sentait honteux de proposer une balade en voiture à une jeune fille alors que son collègue le soupçonnait de la draguer. Hervé Dulac le comprit ainsi.

– Te gêne surtout pas, Nour ! Tu fais comme si je n'existais pas ! Mais pourquoi pas, après tout ? Suivons ton idée : elle ne sera jamais qu'une perte de temps supplémentaire à inscrire dans la longue liste de celles que nous avons à mettre à notre actif. On ferait mieux de s'occuper du maboul. Je te rappelle que notre ronde était censée s'intéresser au château Quitani, lequel a failli cramer cette nuit.

Hallack hocha à peine la tête. Dit :

– Tu écrases deux minutes, s'il te plaît, Hervé ? Tu relâches la vapeur deux minutes, deux toutes petites minutes, OK ? Puis, dévisageant Alice : Tu acceptes ?

– Je serais d'accord mais il y a Odyssée.

– On l'emmène aussi.

– Ben voyons ! Il manquait plus que ça ! gronda le maréchal des logis. Putain, bonjour le travail en équipe avec toi ! L'arche de Noé en balade autour du lac du

Serpent. Heureusement que le coin est désert, sinon notre réputation en prendrait un coup à Sponge !

Alice se pencha à nouveau de façon à être bien en face de Dulac. Elle lui décocha un sourire glacial.

– Mon père s'appelle Noé, vous le savez, donc le projet de Nour me convient.

Elle se détacha de la Peugeot, accrocha la laisse au collier de la chienne qui haletait, couchée à ses pieds, puis ouvrit la portière arrière.

– Allez, saute et ne mords pas le gendarme devant toi, il détesterait.

Alors qu'elle s'installait à l'intérieur de la voiture, elle eut un pincement au cœur. Si Gabin et ses parents la voyaient, est-ce qu'ils penseraient que les gendarmes arrêtaient leur fille ?

La Peugeot, armée sur son toit de la barre lumineuse bleue « gendarmerie », roulait à un petit quarante à l'heure. Les occupants du véhicule échangeaient de rares paroles. Ils firent un arrêt devant la grille qui fermait le château Quitani. Les gendarmes observèrent la maison alors qu'Alice cherchait à se cacher le mieux possible. Elle craignait que Zoé ou Richard ne soient dehors, ne la découvrent assise à l'arrière. Le couple ne pourrait que faire un lien déplaisant. « Alice accompagne les gendarmes qui surveillent notre propriété mais surveillent surtout Jean-Alain, donc Alice suspecte aussi notre fils. » Elle se blottit contre Odyssée, plaçant la chienne en écran. Odyssée, heureuse de participer à une ronde, y mit de la mauvaise volonté. Elle bougeait sans arrêt, posait les pattes sur le siège avant et parfois délivrait de petits jappements excités.

– Tais-toi ! dit Alice.

– Tu la fermes, le clébard, dit le maréchal des logis.

– J'aimerais beaucoup avoir un chien, dit Nour.

Devant le château Quitani, Hervé Dulac s'offrit un commentaire en pointant un doigt vers la maison.

– Si je tenais le salopard qui a fait ça, il passerait un sale quart d'heure.

Alice approuva en silence, puis son cœur eut un petit sursaut désagréable quand elle découvrit que le regard de Dulac dérivait de la grille jusqu'à la maison de Laura Dagret. Le salopard auquel pensait le gendarme était plutôt Linlin que l'incendiaire.

La ronde s'avéra inutile. La plage était déserte. Personne sur la route. Même les canards avaient déserté le lac du Serpent. Depuis l'événement, les baigneurs se faisaient rares. Trop dangereux. Un malade mental – Linlin ou un autre – rôdait en liberté. Les curieux étaient venus les premiers jours, les photos étaient prises, les rumeurs couraient mais s'usaient : maintenant, il n'existait plus aucune raison de traîner sur les lieux du drame.

– On perd son temps, on rentre au bercail, ordonna Dulac, alors qu'ils empruntaient pour la seconde fois la départementale du côté ouest du lac.

C'était un endroit retiré, assez sauvage, où il était impossible de se baigner du fait de l'abondance des roseaux et d'une eau immobile qui laissait échapper une odeur de vase.

– Ça schlingue sévère ici, nota le maréchal des logis. Ce foutu lac n'est qu'un étang pourri. Il faut avoir envie de se baigner pour tremper ses fesses là-dedans. Je déteste le lac du Serpent.

Il pérorait en oubliant la présence d'Alice.

– D'accord, on rentre, concéda Noureddine Hallack, d'une voix hésitante qui masquait à peine sa déception.

Il fit une ultime tentative.

– Alice, tu ne remarques vraiment rien de particulier ? Un détail même minuscule, un changement dans la végétation, un truc jeté par une fenêtre de voiture qui traînerait depuis longtemps au bord de la route, n'importe quoi qui ne serait pas comme d'habitude.

– Non, répondit Alice, mécontente.

Elle aurait tellement aimé rendre service à Nour et ainsi déplaire à Dulac.

La Peugeot opéra un impeccable demi-tour afin de reprendre la route en sens inverse et de la reconduire chez elle. Alice hésita. Parler du camping-car ? De l'homme aux jumelles ? De sa tentative de téléphoner à l'adjudant Pacino ? Son regard buta sur la nuque raide du maréchal des logis, son crâne rasé de militaire et sur sa façon négligente de se tenir de biais, le plus loin possible du conducteur, indiquant ainsi que faire équipe avec Nour ne lui plaisait pas plus que ça. La voiture de gendarmerie allait repartir, après le demi-tour, quand Hervé Dulac s'exclama :

– Tiens, voilà le débile ! Décidément, impossible de lui échapper !

Linlin sortait des roseaux, un peu plus loin.

– Arrête-toi, on le prend, dit le maréchal des logis à Nour.

– Non, on rentre. On ne va pas encore l'ennuyer. Il a eu sa dose à la gendarmerie.

– Écrase, Nour ! Tu t'arrêtes, on le charge et basta !

– Bien, chef, ironisa Nour.

Il freina près de Linlin.

– Salut ! clama Dulac. Monte, on te ramène chez toi.

Alice se fit minuscule. Le maréchal des logis se contorsionna, essayant d'ouvrir la portière arrière. Odyssée aboya. Jean-Alain, en l'entendant, se pencha, découvrit Alice et la chienne. Son visage s'illumina.

– Monte, dit Alice, en ouvrant la portière.

Elle était furieuse. Quelle idiote elle était d'avoir accepté la ridicule proposition de Nour Hallack. Elle avait l'air maligne, maintenant. Quand Linlin fut installé, elle le regarda, lui adressa une grimace. Jean-Alain se cala au fond de la Peugeot, le plus loin possible d'elle, en partie caché par Odyssée. La voiture se remit en route.

Linlin lorgnait Alice. La sévérité de son visage. Elle semblait très en colère qu'il soit là. Le sourire du garçon s'effaça.

Il plaça l'index de sa main droite en travers de ses lèvres, dit « Chut… chut… », puis avança la tête au-dessus du dos de la chienne, afin qu'Alice le voie bien et scanda :

– Secret, secret, pas peur, pas peur.

Le maréchal des logis se retourna.

– Tu me parais en super forme, Linlin. Tu as de la chance, nous au contraire on flippe un max. C'est quoi cette histoire de secret dont tu nous rebats les oreilles depuis des jours ?

– Fous-lui la paix ! gronda Nour.

– Alice, on dirait que tu en sais long à ce sujet. Ce secret… c'est un code entre vous ?

Dulac se réinstalla plus confortablement. Sa voix s'altéra, perdant son ironie. Elle prit des accents métalliques, autoritaires.

– Si c'est le cas, Alice, je te conseille de m'en dire davantage et de dire à ton copain qu'il cesse de jouer au neuneu complet parce que nous ne sommes pas dans un des romans que tu lui lis, mais dans une sale histoire qui pue. Je vous rappelle à tous les deux que se joue la vie de Laura, une gamine de treize ans.

Alice rougit.

– Mais non, je ne sais rien. Vous connaissez Jean-Alain. Il a des mots à lui. Nous n'avons aucun secret pour les gendarmes.

– Secret, secret, coupa Jean-Alain.

Son rire déferla.

– Putain, j'y crois pas ! se fâcha Hervé Dulac. Il y avait un Linlin dans la région et il a fallu qu'on tombe dessus.

– Fous-leur la paix, insista Nour.

Il accéléra. La route tournait et n'autorisait pas une grande vitesse.

– Je veux rentrer chez moi, dit Alice. J'en ai marre.

Dulac se frotta le crâne. La chevalière en or gravée de ses initiales projeta des éclats de lumière.

– On en a tous marre, Alice. Ton copain, là-derrière, si tu crois qu'il ne nous casse pas les pieds en sortant ses messages en langage codé. Secret, secret, camion blanc, camion blanc, jumelles, jumelles, j'en passe et des meilleurs. Il commence à nous fatiguer.

– Camion blanc ! Camion blanc ! hurla Linlin.

Il s'agita sur le siège arrière, tendit les bras à travers la vitre ouverte de la Peugeot, semblant désigner un endroit sur les bords du lac du Serpent. Odyssée, effrayée, découvrit ses babines de chienne en colère et émit un grondement inquiétant. Alice la prit par le collier et la serra contre elle en disant :

– Jean-Alain, arrête, ça suffit !

– C'est quoi ce bordel ? s'énerva le maréchal des logis.

La voiture poursuivit sa route à petite vitesse. Linlin se mit à genoux sur le siège et se tourna vers la lunette arrière. Il s'agitait de plus en plus et utilisait la banquette comme si elle était un trampoline.

– Camion blanc ! Camion blanc !

– Nour, stoppe fissa la bagnole ! ordonna Dulac.

Noureddine Hallack freina, tout en se demandant où le maréchal des logis voulait en venir.

– Demi-tour, dit Dulac. Le gosse nous indique un endroit près duquel nous sommes passés.

– Tu crois ?

La Peugeot s'immobilisa. Les gendarmes hésitaient. Linlin, pourtant, poursuivit son cirque, scandant « Camion blanc… camion blanc » tout en gesticulant. Alice se pencha et effleura l'épaule de Nour.

– Je crois que Jean-Alain veut nous montrer quelque chose qui serait dans les roseaux.

– On y va ! dit le maréchal des logis. Il grogna entre ses dents : Putain, j'espère qu'il ne nous gonfle pas encore une fois avec une de ses âneries.

Il continua à marmonner, mais Alice entendit ses propos :

– Si on a du bol, il nous conduira là où est le corps de Laura.

Alice se pencha davantage, de façon à avoir le buste entre les deux sièges avant. Elle toucha l'épaule de Dulac.

– Vous pensez exactement comme les personnes qui espionnent Jean-Alain, qui le prennent en photo, qui balancent un cocktail Molotov sur sa maison. Vous ne valez pas mieux qu'elles, sauf que vous, vous avez le droit de dire des choses dégoûtantes parce que vous êtes policier. Jean-Alain n'a rien fait.

Dulac se garda de répliquer à la colère d'Alice. Il s'adressa à Nour.

– Magne-toi de reculer avant que le zinzin n'ait totalement bousillé la voiture de service.

La Peugeot recula lentement.

– Là ! hurla soudain Linlin. Là ! là !

Un étroit sentier se faufilait entre les roseaux. Nour hésita.

– Le sol est marécageux par ici, non ? Si je m'engage, on risque de se viander.

– Non, commenta Alice. Il n'a pas plu depuis très longtemps et la terre est sèche.

– Roule ! ordonna Dulac.

La voiture de gendarmerie franchit le goulet et entama le sentier. Nids-de-poule. Branchages. Pierres. Des roseaux, que le vent avait ployés, raclaient la carrosserie.

– Al va faire la gueule, constata Nour.

Alice surveillait Jean-Alain. Les expressions de son visage. Ses yeux bruns brillaient comme si une lumière vive était braquée sur eux. Pourtant, au fur et à mesure que la Peugeot progressait, la clarté du regard faiblissait. La respiration d'Alice ralentit. Elle connaissait Linlin. L'excitation du début le quittait et laissait la place à la peur. Il s'était produit quelque chose à cet endroit. La voiture parvint sur une sorte d'esplanade nichée entre les roseaux. C'était un cul-de-sac.

– Là... là... reprit Linlin, mais cette fois d'une voix sourde.

– Là, quoi ? brailla Dulac.

Ils quittèrent la Peugeot. Pas Jean-Alain.

– Viens, proposa gentiment Nour. Viens et tu nous montreras.

Il se tut. Montrer quoi ? Il n'y avait rien à voir. Ils étaient victimes d'un des délires du gosse.

– Veux pas… Veux pas… geignit Linlin, en déportant son corps contre la portière fermée.

Alice se pencha et tendit la main.

– Accompagne-moi, Jean-Alain. Je te promets que personne ne te fera du mal.

Elle prit son poignet, attendit quelques secondes qu'il s'habitue puis tira. Linlin résista un peu. Quand il fut à l'extérieur, elle se serra contre lui et lui caressa la nuque.

– Secret… secret… bredouilla Linlin.

Alice murmura contre son oreille « N'aie pas peur », puis elle s'écarta. Le maréchal des logis contourna la voiture et approcha. Il s'empara du bras de Linlin et conduisit le garçon, presque de force, au pied de la barrière de roseaux.

– Alors c'est là ? Montre-moi où est Laura.

– Oh merde, on ne va pas recommencer, se plaignit Nour.

Dulac haussa les épaules, maugréa « T'occupe » et entraîna Linlin plus loin.

– On ne voit rien ici qui ait un quelconque intérêt, dit Noureddine Hallack. Alice, tu as une idée sur ce qui inquiète ton copain ? Sur cette histoire de camion blanc ?

– Je ne comprends pas ce qui navigue dans sa tête, admit Alice.

– Pourquoi « secret… secret » ?

Alice rougit.

– Je ne sais pas.

Ils se déplaçaient lentement, s'éloignant de Dulac qui gesticulait à l'autre bout de l'esplanade, près de Linlin. Soudain, Nour s'arrêta. S'accroupit. Tâta le sol de ses doigts, comme s'il en vérifiait la consistance, puis porta les mains à son nez.

– De l'huile de moteur. Un véhicule s'est garé à cet emplacement.

– Évidemment, dit Alice. En été, les places de parking sont parfois rares, surtout le dimanche, et les gens se rangent où ils peuvent.

– Ouais, concéda Nour.

Il se redressa en grimaçant, marmonna :

– Je suis souple comme un piquet.

Alice sourit. Dit :

– Je croyais que les gendarmes étaient sportifs.

– Moi aussi je le croyais, ironisa Nour.

Ils marchèrent encore un peu. À quelques mètres de la tache d'huile, ils découvrirent une dizaine de mégots ainsi qu'un paquet de Camel vide. Nour le ramassa, mit trois mégots à l'intérieur et glissa l'ensemble dans la poche poitrine de sa chemisette.

– Pourquoi vous prenez ça ? s'étonna Alice.

Nour haussa les épaules.

– Je ne sais pas trop. Les trois quarts de mon travail de gendarme consistent à faire des trucs qui semblent dépourvus de sens.

– Vous n'aimez pas votre métier ?

– Non… Si… Pas celui que je pratique à Sponge. En entrant à l'école de gendarmerie, je rêvais… heu… d'actions plus spectaculaires.

Il adressa un sourire et un clin d'œil à Alice.

– J'ai dû voir trop de films policiers et dans aucun on ne montre les gendarmes en train de coller des PV à des conducteurs imprudents ou s'occupant de types bourrés le samedi soir. Il soupira, ajouta : Peu importe. Au fond, j'aime ce boulot et il arrivera bien un jour où je tiendrai à mon tour le rôle de super flic traquant les criminels.

Ils revinrent vers la Peugeot. Linlin et le maréchal des logis firent de même.

– Il n'y a que dalle ici ! explosa Dulac. On perd son temps. Je m'imaginais que Quitani…

Nour l'interrompit en levant la main :

– Stop. Je sais ce que tu croyais trouver dans les roseaux, alors boucle-la. Je te rappelle que Jean-Alain est mineur et que les paroles balancées au hasard ont des conséquences.

Les quatre étaient maintenant rassemblés près de la voiture de gendarmerie.

– Odyssée en a profité pour se sauver, constata Alice.

Elle appela la chienne. En vain.

– Tu t'inquiètes ? demanda Nour.

– Non. Elle sent les canards ou les ragondins. Elle rentrera à la maison quand elle en aura marre.

– Pas comme Laura ! s'exclama le maréchal des logis.

Alice remarqua combien la fatigue et la tristesse marquaient son visage. Le regard éteint du gendarme se perdait sur l'étendue des roseaux agités d'un vent léger. Soudain, Dulac s'appuya du bras gauche à la Peugeot tandis que son poing droit martelait le toit.

– On est bel et bien échec et mat, Nour ! Quand je pense que nous ne sommes pas fichus de trouver une piste alors que notre brigade ramasse une véritable enquête pour la première fois ! On est vraiment des branquignols !

Le désespoir du gendarme ne retint pas longtemps l'attention d'Alice. Jean-Alain fixait le poing de Dulac. Quand le maréchal des logis s'écarta de la voiture, Linlin approcha, prit sa place, s'appuya à son tour à la Peugeot, le haut du corps en oblique et la tête penchée vers le sol.

– Malade… malade…

Il émit un raclement de gorge et imita l'attitude d'une personne qui vomit. Ses épaules, prises de convulsion, tressautaient.

– Tu fais quoi, Jean-Alain ? questionna Alice, en lui touchant l'épaule.

Le garçon se retourna.

– Malade… vomi… malade… dégueule…

Linlin se redressa, assembla ses mains en tunnel devant ses yeux et fit pivoter sa tête de gauche à droite.

– Quelqu'un regardait dans des jumelles ? demanda Nour, d'une voix lente et douce, de façon à ne pas l'effrayer.

– Oui… camion blanc… camion blanc dégueule, dit Linlin, en ouvrant la portière de la Peugeot et en se réinstallant à sa place.

Alice s'assit à côté de lui.

– Essaie de me raconter, Jean-Alain. Tu dis comme tu veux, ça n'a pas d'importance, je comprendrai. Que s'est-il passé le samedi soir quand tu es parti de chez toi ? Pourquoi tu es venu ici ?

– Secret ! Secret ! cria Linlin.

Il frappa le siège du plat de la main. Des coups violents.

– Rentre… veux… maintenant…

– Quel cinoche ! dit Hervé Dulac. Nour, tu reprends le volant, on se tire avant qu'il nous rende barjos nous aussi.

8 - FREDDY

Vendredi 25 juillet

– Les épreuves se terminent bientôt, Laura ma chérie. On part en Bretagne demain, tu dois reprendre des forces. Le voyage sera long et pénible pour toi. Tout à l'heure, j'enlèverai le bâillon, je te forcerai à manger, à avaler, à boire. Est-ce que tu te rends compte à quel point tu as maigri ? Tu fais peur, tu n'as plus que la peau sur les os, mon Dieu toi qui étais si belle, non, non, je dis des bêtises, tu es toujours très belle, je plaisante pour t'amuser. Laura ma chérie, tu seras toujours Laura ma chérie, maigre ou grosse. Je déteste de plus en plus ce prénom ridicule. Demain pendant le trajet, je t'apprendrai l'autre, je le dirai souvent et tu t'habitueras…

… Quelle chaleur à crever. J'ouvre les portes de la baraque pour aérer et c'est pour ça que je ne peux pas t'enlever le bâillon. Tu crieras et si quelqu'un passe et t'entend, tout sera fichu. Mais ça pue vraiment trop ici, tu aurais pu te contrôler davantage, prendre soin de toi. Je comprends que tu as peur, que tu es malheureuse. Tu ne sais pas encore ce que j'attends de toi, pourquoi je t'ai enfermée ici, pourquoi nous partons en Bretagne, mais quand tu sauras, tu me pardonneras tout, tu m'aimeras, tu verras comme maman t'aimera, prendra soin de toi, tu auras une jolie chambre bien différente de cette infecte cabane. Laura, arrête de pleurer, je t'en supplie, ne pleure pas. J'ai trop mal quand tu pleures. Je te fais peur. Tu me crois fou, mais non, ah non, je ne suis pas fou, pas comme ce garçon...

... Tu sais de quel garçon je parle, Laura ? Bien sûr que tu le sais, ce pauvre gosse anormal qui te surveillait, te regardait de ses yeux sales. Je l'ai vu je ne sais pas combien de fois te lorgner d'une façon répugnante. Je sais que son cerveau est en miettes, qu'il a donc des excuses, mais il aurait dû poser ses yeux rampants sur une autre fille, il y en a tellement qui traînent en été au bord du lac du Serpent, alors non, pas toi, pas toi. J'ai détesté sa façon de se conduire. Il ne pourra plus jamais te salir maintenant, ni lui ni aucun autre garçon parce que demain nous commençons notre nouvelle vie, maman, toi et moi... Je l'avais promis...

... Pourtant, je ne veux aucun mal à Linlin. Linlin, tu sais bien, c'est le nom du garçon dont je te parle, tu te souviens de lui. Je déteste qu'on fasse du mal aux enfants. Surtout à toi. Oh Laura, je t'en supplie cesse de pleurer, de montrer que tu as peur de moi, de te lover comme un chien malade au bout de ton lit. Je n'en peux plus. J'ai besoin de calme, de force, de réflexion, de parler, pas d'entendre des pleurs qui me détruisent. Je ne te toucherai pas. Je comprends que je n'ai pas encore le droit de t'embrasser, de te serrer dans mes bras. Tu serais terrorisée. Tu croirais que je suis une bête immonde, une de ces bêtes immondes qui…

… Laura, mon Dieu Laura que je voudrais être à demain après-midi quand je viendrai te chercher pour notre délivrance. Le temps s'écoule trop lentement. Je prends de plus en plus de risques, je cours de plus en plus de dangers et toi aussi tu es de plus en plus en danger ici et pas seulement parce que tu ne t'alimentes plus, que tu te laisses mourir lentement…

… Le garçon. Linlin. Il est dangereux, pire que tout. Il doit quitter la région, il me connaît, il te connaît Laura, il m'a repéré quand je t'observais de loin, quand je te prenais en photo…

… Il…

… Il m'a vu aussi le jour de la première délivrance, quand tu étais dans le fourgon avec la cagoule et le bâillon et moi j'étais malade comme un chien. Il doit partir. J'ai fait peur à sa famille. Un incendie, rien de grave, non, je ne voulais causer aucun mal, surtout au gosse je te l'ai déjà dit. Juste qu'ils aient peur, la peur de leur vie, et qu'ils déguerpissent du lac du Serpent jusqu'à ce que je puisse revenir habiter définitivement la Bretagne et vivre avec toi ma chérie. Si Linlin continue à habiter ici, un jour il retrouvera la mémoire, son cerveau malade aura un éclair de lucidité, il me reconnaîtra, dira « lui… lui… », tu connais cette façon si triste qu'il a de répéter les mots pour leur donner plus de poids. Oui, la mémoire lui reviendra un jour ou l'autre s'il reste ici. Il pense déjà au Transit. « Le camion blanc… le camion blanc… » S'il continue sur ce chemin, il parviendra à reconstruire le puzzle…

… Ils te reprendront, Laura…

… Marche un peu, j'ai défait les liens, tu peux marcher autour du lit, dans la baraque. Tu dois marcher pour que tes muscles récupèrent du tonus. Lève-toi, allez lève-toi, marche, marche, voilà que je parle comme le gosse, je répète les mots. Tu es aussi inexistante qu'une sauterelle. Ne tombe pas malade, je t'en supplie…

… Tu ne vas pas mourir, hein ? Jure-moi que tu ne vas pas mourir, que tu peux tenir encore deux jours, deux jours avant que le paradis n'ouvre ses portes en Bretagne…

… Bon, je retire le bâillon afin que tu manges. Il faut que je parte vite. Je sens que ma tête me fait mal, ma nuque se raidit. Je ne dois pas tomber malade non plus. Si Dieu existe, qu'il m'accorde un sursis pendant deux jours et qu'il m'en accorde peut-être un autre, dès maintenant, que je n'aie pas une crise. Je dois nourrir Laura. Nom de Dieu, de là-haut puisque tu vois tout, soi-disant, tu vois combien elle est faible, elle ressemble à un oisillon tombé du nid. Donne-moi le temps de m'occuper d'elle, de rentrer à Sponge avec cette saloperie de voiture poubelle qui n'avance pas. Je n'ai pas d'argent pour m'en procurer une autre plus rapide. Je dois garder l'argent pour Laura. Elle vivra comme une princesse. Elle l'a mérité, après tant de souffrances pendant tant d'années. Oh, puis merde, je me demande pourquoi je te parle, tu t'en fous là-haut de mes souhaits…

… Laura, tu es ma princesse…

… Mais… J'entends un téléphone. Tu caches un téléphone sous ton oreiller ? C'est impossible, j'ai vérifié que tu n'en avais pas. Lève-toi, allez debout, vite, que je fouille, cherche. Je l'entends, ça y est, le voici, bon Dieu mon portable que j'avais perdu. Alors, il était là, tombé sur le lit et tu l'as caché, hein, tu l'as caché, espèce de sotte. Tu pensais en faire quoi ? Faire échouer notre projet ?…

… Qui appelle ? Laura, qui appelle ? Allô ?…

… Oh non, c'est la fille. Alice. Tu sais, celle qui te jalouse, qui te surveille en regardant dans ses jumelles. Je dois partir tout de suite. Le danger est trop grand. Tu te passeras de repas. Tiens jusqu'à demain. Elle va se demander pourquoi j'ai dit « Allô » et coupé la communication. Si seulement cette foutue batterie de téléphone s'était vidée. Détends-toi. Tu as bu, c'est le plus important et tu peux boire autant que tu veux grâce à la bouteille et la paille que tu introduis dans le trou du bâillon…

… Essaie de ne plus vomir, de ne plus te pisser dessus et aussi le reste. Je m'en vais. Je reviens dans moins de vingt-quatre heures, ma chérie. À demain.

9 - NOUR

Samedi 26 juillet

Une nuit abominable, entrecoupée de cauchemars et terminée par un réveil glauque qui laissait un goût de bile dans la bouche de Noureddine Hallack.

– Tu déconnes, Nour, dit Nour à son bol de café refroidi, posé sur la minuscule table de cuisine de son minuscule appartement de la gendarmerie.

Le caoua devenait imbuvable, la tartine au beurre fondu était immangeable et le scénario qu'avait cogité la nuit de Nour était inimaginable.

– Oui, mais moi je l'imagine, grogna Noureddine Hallack, en vidant le café dans l'évier.

La tartine rejoignit la poubelle. Il se dirigea vers le téléphone. En passant devant la glace fixée contre un mur du couloir, il éclata d'un rire amer et commenta sans complaisance l'image renvoyée :

– À quoi tu ressembles ! On dirait un vieillard privé de son déambulateur.

Il ne portait qu'un pantalon de pyjama car l'appartement était une étuve. Un tissu froissé, remonté au-dessus des genoux. La fatigue d'une nuit sans sommeil ployait ses épaules et donnait à sa démarche la claudication d'un type venant de s'envoyer une bouteille de whisky en guise de petit déjeuner.

– Et tu ne bois même pas une goutte d'alcool ! jeta Nour à son reflet troisième âge. Ressaisis-toi !

Il composa le numéro. Éprouva un soulagement quand Camille Carole répondit. Il craignait que Dulac soit proche du téléphone et décroche. Nour faillit se confier au brigadier qui l'avait invité plusieurs fois à partager un dîner avec sa compagne Patricia. Les premières paroles du gendarme l'en dissuadèrent.

– Qu'est-ce que tu branles, Nour ? Descends fissa, tu as déjà une demi-heure de retard et ici on est en plein binz. On se récolte un grave accident sur l'autoroute, un connard a battu sa femme et l'a expédiée à l'hosto et un abruti est en train de saccager le kebab en gueulant qu'il y a trop d'Arabes à Sponge. Comment tu crois qu'on s'en sortira avec l'effectif si en plus tu tires au flanc ?

– Je suis malade, coupa Nour. Je reste au pieu ce matin.

– Tu as de la fièvre ? s'inquiéta aussitôt Carole. Excuse-moi, mais on panique.

– Pas de fièvre, non, je ne crois pas. Un truc que je n'ai pas digéré. Je te rappelle dans deux heures.

Il raccrocha. Replaça le téléphone sur son socle et demeura immobile, assis sur son lit défait.

– Ouais, il y a un truc que tu as du mal à digérer, aucun doute ! ricana Nour.

Un spasme nerveux agita ses épaules. Il s'ébroua, imaginant le brigadier Carole écoutant au téléphone les révélations si cauchemardesques de son subordonné qu'elles l'avaient retourné sur son lit comme une crêpe toute la nuit.

Noureddine Hallack récupéra le téléphone et se déplaça dans le couloir de l'appartement. Il allait et venait, marmonnait « J'y vais, j'y vais pas », pendant que le téléphone effectuait des loopings entre ses mains, jonglant de l'une à l'autre, avant d'atterrir sur le carrelage, ce qui provoqua enfin la décision.

– J'y vais ! Je suis cuit si je tombe sur les parents !

Il composa le numéro d'Alice et bingo, obtint évidemment le « Oui, allô ? » pointu de Noé Amiliane.

– Heu… désolé de vous déranger si tôt. C'est la gendarmerie de Sponge. Noureddine Hallack.

– T'es Nour ? s'exclama la voix de Gabin.

Nour soupira. Ouf, le gosse. Une mauvaise interprétation de sa part qui l'arrangeait tout en prouvant qu'il naviguait dans un état second, entre excitation et abattement, au point de confondre la voix d'un enfant de huit ans avec celle d'un adulte.

– Est-ce qu'Alice est dans les parages ? demanda Nour.

– Ouais, juste à côté et vachement furax parce qu'elle dit que je lui casse les pieds.

Nour entendit « Donne-moi le téléphone et fonce à la salle de bains », puis la voix d'Alice apporta son soulagement.

– Allô ? Nour ?

Il se mit à rougir comme un adolescent. Il se regarda piquer un fard dans la glace, ne pouvant s'empêcher de penser que téléphoner à une jeune fille mineure depuis la gendarmerie, alors qu'il était en pyjama, ne semblait pas la voie royale à suivre pour commencer une brillante carrière de gendarme.

– J'appelle au sujet d'hier, dit Noureddine Hallack, d'une voix embarrassée. Tu connais très bien Linlin, beaucoup mieux que n'importe qui, peut-être même mieux que ses parents ne le connaissent.

– Oui, coupa Alice.

Le « oui » était si mince que Nour eut l'impression d'entendre Alice respirer.

– Hier, je ne voulais pas te demander ce que je m'apprête à te demander ce matin, parce que le maréchal des logis était là et j'ai senti qu'entre vous deux, le courant passait mal.

– Il déteste Jean-Alain et moi je le déteste. Je préférerais que vous fassiez vos rondes avec un autre gendarme.

Nour rit. En réalité, sa gorge produisit plutôt une sorte de grincement de porte.

– Oui… Bon, on verra ce que décide le chef. Je voulais te poser une question. Tu n'es pas obligée de répondre car je dois te prévenir que je n'agis pas officiellement.

Ce fut au tour d'Alice de rire. Un rire clair et gai.

– On dirait que vous allez me demander en mariage. Je me trompe ?

Nour considéra le téléphone comme s'il lui en voulait de son culot et oubliait que l'objet de plastique n'était que la caisse de résonance de la voix d'une jeune fille habitant six kilomètres plus loin. Il précipita l'entretien.

– On en reparlera quand tu auras grandi un peu. Ma question est celle-ci : crois-tu que Linlin…

– Il s'appelle Jean-Alain, corrigea Alice.

– Bon, au temps pour moi. Crois-tu que Jean-Alain raconte n'importe quoi, disjoncte, invente ce camion ? Que ce qui s'est produit hier n'est que du cinéma comme le pense le maréchal des logis Dulac ?

La réponse d'Alice fut immédiate :

– Sûrement pas ! Jean-Alain a été témoin de quelque chose à l'endroit où nous nous sommes arrêtés. Il nous a conduits là-bas. Il a vu un homme ou une femme vomir. Il a vu un véhicule blanc, mais il a passé une grande partie de la nuit dehors. Je ne sais pas pour quelle raison. Peut-être a-t-il été impressionné par ce qu'il a vu. Sa mémoire a effacé ce qu'il a vu. Jean-Alain réagit souvent de cette façon : il efface ce qui l'embarrasse. Son cerveau ne retient que ce qui lui plaît.

– Merci, Alice. Un grand merci à toi. Je pensais en gros la même chose, mais je tenais à avoir ton opinion. Je te laisse.

– Pourquoi l'adjudant Pacino ne répond pas au téléphone ?

– Quoi ?

– Je lui ai téléphoné hier, sur son portable, à un numéro personnel qu'il m'avait communiqué. Il m'a raccroché au nez.

– Tu as le numéro personnel du portable de Pacino ? Ben dis donc, en quel honneur ?

– Comme ça, éluda Alice.

– Tu voulais quoi à Al ?

– Rien… Rien d'important, éluda encore Alice.

– Bon, je n'insiste pas. À plus tard, Alice.

Nour coupa la communication. Et demeura perplexe, considérant toujours l'image du gendarme en pyjama que lui renvoyait la glace. L'image d'un type plutôt sonné, cherchant en vain ce qu'il ferait de sa journée, voire de sa vie. L'impression de se trouver à un tournant qui, s'il était mal négocié, l'expédierait méchamment dans le décor. Pourquoi Alice appelait-elle le numéro personnel d'Al ? Que dissimulait-elle, au point de ne vouloir le confier qu'au chef et sur une ligne personnelle ? Nour n'hésita pas longtemps. Il connaissait aussi le numéro du portable de Pacino. Leurs rondes communes autour du lac du Serpent avaient au moins servi à ça, la naissance d'une confiance mutuelle, un début d'amitié discrète donnant lieu à quelques confidences hors cadre professionnel, même si Al n'était pas un « causeux », selon la formule en usage dans la région. Nour récupéra le numéro de téléphone au fond d'un tiroir de la cuisine dans lequel il fourrait tout ce qui pouvait être utile mais ne l'était pas immédiatement. Il composa les dix chiffres. Pas de tonalité.

– J'ai dû me planter, murmura Noureddine.

Il remarqua que ses mains tremblaient un peu et, tout en recomposant le numéro, il interpréta le message qu'elles délivraient. Non, il ne s'était pas trompé. Quelque chose clochait et il s'y attendait.

– Allô ? s'exaspéra Nour, ce qui était idiot puisque aucune tonalité ni aucun son ne parvenaient à son oreille.

– Un téléphone mort, constata Nour. Plus de batterie ou alors un appareil qui n'existe plus, une carte mémoire changée.

Pourtant la veille, à en croire Alice, Al avait répondu. Coupé la communication après l'avoir acceptée. Et maintenant, plus rien.

– Putain ! gémit Nour, les jambes coupées, complètement anéanti par tous les faits qui s'accumulaient, s'ajoutaient les uns aux autres et lui avaient bousillé sa nuit.

Cette histoire de portable d'Al était le coup de grâce l'empêchant de refuser le contour de la réalité qui se présentait à lui. Jusque-là, il avait plus ou moins réussi à repousser à plus tard le moment de prendre une décision.

Il parcourut encore trois fois le couloir puis retourna à la cuisine, s'empara du bloc-notes Rhodia sur lequel il inscrivait ses courses. Il retira la première page, la jeta à la poubelle : spaghettis, confiture, bordeaux rouge, 2 slips, 1 p. chaussettes, librairie, pneu VTT 722 x 612. Le vélo attendrait ! Il essaya le stylo avec tant d'impatience rageuse qu'il déchira la page vierge. Il murmura « Calmos, Hallack ! » et recommença son essai. Il fut concluant, ce qui lui fit marmonner : « Calmos, vite dit, mais mon pote, tu joues gros. »

Nour, avant de griffonner, plaça ses neurones en surtension afin de repenser d'une façon claire à chacun des faits qui avaient détruit sa nuit. Il les écrirait ensuite.

Un camion blanc, disait Linlin. Un véhicule qui perdait de l'huile.

– Qu'est-ce que tu brandouilles là-dessous, Al ? avait demandé Nour, deux jours auparavant, alors qu'il rangeait une voiture de service dans le garage de la gendarmerie.

Personne ne le faisait en été. Les véhicules restaient à l'extérieur. Mais Nour s'ennuyait.

Al avait surgi de la fosse sur laquelle était garé le Ford Transit. Il semblait embarrassé qu'un collègue le surprenne à utiliser les installations du garage pour l'entretien d'un véhicule personnel, ce que le règlement interdisait.

– Tu es là ? Tu n'as pas encore quitté ton service ? Mon fourgon perd son huile. Un joint qui est mort. Je pars en Bretagne ce week-end pour deux jours de perm, je n'avais plus le temps d'obtenir un rencard au garage, ça urgeait, alors je me suis autorisé une entorse au règlement.

Un vrai discours pour Al le taciturne ! Un discours accompagné d'un sourire en lame de couteau.

– Je m'en tape du règlement, avait commenté Nour. J'ignorais que tu étais un as de la mécanique. Félicitations !

Camion blanc, disait Linlin.

Le Transit n'était pas un camion au sens strict du mot. Mais Linlin n'était pas un adolescent ordinaire. Et le Ford était blanc. Et perdait de l'huile. Nour inscrivit sur le Rhodia, en lettres flageolantes : *Transit Ford blanc perd son huile moteur.*

Il leva le stylo de la page, considéra le mur de la cuisine, en face de lui : un papier peint pisseux. Il commenta son inscription en forçant son indignation :

– Des bagnoles blanches qui sèment leur huile parce que ce sont des caisses pourries, il doit en exister un paquet !

Oui, mais le Transit de Pacino circule dans la région et particulièrement dans les parages du lac du Serpent, ajouta une petite voix intérieure teigneuse.

Nour ouvrit le tiroir fourre-tout sous la table de la cuisine. Le paquet de Camel ramassé au bord du lac, sur « le parking » où Linlin avait conduit la voiture de gendarmerie, le lorgna d'une façon qu'il jugea provocatrice.

– Ben quoi, t'es jamais qu'un paquet de clopes ! dit Nour.

Il le secoua. Fit tomber les mégots de Camel sur la table.

Le propriétaire du camion blanc fumait des Camel.

– Tu tiens absolument à être décoré de la médaille du cancer du poumon, Al ? avait ricané Nour plusieurs fois, en pénétrant dans le bureau enfumé et puant de son supérieur hiérarchique qui fumait cigarette sur cigarette en bravant la légalité.

C'était encore plus insupportable pendant les rondes en voiture de service, l'hiver, quand ils n'ouvraient pas les vitres.

Nour écrivit sur le bloc, d'une main plus ferme que précédemment :

Al fume des Camel.

Al possède un camion blanc.

Son fourgon perd de l'huile.

Al...

Il cessa d'écrire. Ce qu'il allait inscrire sur le Rhodia était encore plus pénible à évoquer. Nour ferma les yeux. Sur ses rétines, s'imprima l'image du garçon que Dulac appelait parfois « le pauvre fou ». Il l'entendit gémir :

« Malade... malade... »

Puis s'énerver :

« Malade... vomi... malade... dégueule. »

Puis faire semblant de surveiller les environs dans des jumelles.

« Camion blanc dégueule. »

Nour ouvrit les yeux. La vision de Linlin s'effaça. Fut remplacée par celle de Pacino au cours d'une de leurs rondes. C'était la nuit. Une rue de Sponge déserte. Nour adorait ces moments quand la ville dormait. Il régnait un silence quasi absolu qui détendait après les longues journées d'un travail souvent fastidieux. Un vent mollasson agitait à peine les feuilles des arbres. Le calme incitait à des conversations plus intimes avec le collègue qui partageait la ronde. Chacun, durant une heure, oubliait son métier de gendarme si rien ne sollicitait leur vigilance. Pourtant, cette nuit-là, Al fumait sans dire un mot ou presque.

– Tu as des soucis, chef ? avait demandé Nour, en tenant le volant d'une seule main car la circulation était nulle.

– J'ai mal au crâne.

– On rentre, si tu veux.

Al se massait la nuque. Soudain, il avait dit :

– Arrête la voiture. J'ai envie de dégueuler.

Nour revoyait Pacino penché au bord du trottoir, vomissant ses tripes, les épaules secouées de spasmes. Il avait fallu patienter dix minutes. Noureddine Hallack se souvint qu'il réprimait une envie de rire déplacée en pareille circonstance, car il se demandait ce que penserait un Spongeois sortant de la nuit et découvrant un gradé de la gendarmerie en train de vomir dans le caniveau.

– J'ai l'habitude, rien de grave, avait commenté Al durant le trajet de retour. J'ai de temps en temps des crises de spasmophilie. Je prends des médocs, mais je les oublie souvent chez moi, comme c'est le cas ce soir. Après, il me faut du repos.

Nour avait raconté l'épisode à ses collègues. Ils avaient tous exprimé leur compassion. Sauf Dulac.

– Je comprends maintenant pourquoi il disparaît si souvent pendant deux ou trois heures, avait commenté Camille Carole.

– Il récupère de ses crises, avait noté brièvement Gaël Aubac. Il n'a pas de bol.

– Ouais, peut-être, avait ricané le maréchal des logis Dulac. À mon avis, ça lui fait un super alibi pour se planquer dans son appartement et s'envoyer un film policier en douce. Il adore ça et pendant ce temps, on se tape le boulot. Pas con comme alibi.

Nour récupéra le stylo qu'il avait posé sur la table de cuisine afin de se frotter les yeux qui le brûlaient. Il termina la phrase qu'il avait commencé d'écrire.

Al est malade, a des spasmes et vomit.

Il écrivit dessous, en plus grosses lettres, un résumé global :

Al a un camion blanc qui perd son huile, il fume des Camel, il est malade et vomit, il connaît très bien Laura Dagret.

Noureddine Hallack sentit un froid glacial descendre le long de sa colonne vertébrale alors qu'une chaleur d'étuve régnait dans l'appartement. Lui revenait en mémoire un certain nombre de propos de Pacino et soudain, chacun résonnait comme un gong désagréable.

« Il faut multiplier les rondes l'été autour du lac du Serpent. Il y a tellement de malades sexuels de nos jours qui rôdent dans des endroits rêvés comme celui-là. La famille Dagret est riveraine et la fille, Laura, est une gamine de treize ans plutôt mignonne. »

« Tu as treize ans, Laura, ma grande. Un âge qui doit t'amener à la prudence. Fais attention à toi, n'adresse pas la parole à des inconnus trop longtemps. »

« Tes parents te laissent sortir seule, sans aucune surveillance ? »

Nour repoussa le bloc de papier. Il se prépara une cafetière d'un café très fort. Après la sensation de froid, il éprouvait l'inverse : un filet de transpiration serpentait dans son dos. Il avait l'impression de sentir mauvais.

Il sentait mauvais. Il puait la peur.

Il retourna près du téléphone, le décrocha de son socle et le saisit à pleines mains comme s'il était un noyé s'accrochant à l'objet qui le sauverait.

– Camille ?

– Tu vas mieux, Nour ?

– Putain, Camille, je crois que le kidnappeur de Laura Dagret est notre chef, Pacino.

– Écoute, Nour, ce n'est pas le moment de déconner. On est débordés, je te passe le bordel qui règne dans le bureau alors tu rappliques dare-dare.

Téléphone raccroché. Nour ressentit un gros soulagement. La réaction de son collègue venait de l'empêcher de commettre une énorme connerie. Dans quoi il s'embarquait ? Il pétait les plombs ou quoi ? Bien sûr qu'il était confronté à des coïncidences troublantes, mais c'était justement l'occasion de se rappeler qu'il était gendarme. Policier ! Donc, que des coïncidences ne suffisaient pas à fabriquer un coupable. Un coupable a un mobile, or Nour ne voyait pas pourquoi Al aurait kidnappé Laura. Il n'existait qu'une raison possible pour ce genre d'acte. Une abominable raison.

Nour reposa le téléphone en marmonnant :

– T'es vraiment le flic débile par excellence. Pacino kidnapper une gamine pour la violer ! N'importe quoi !

Il se força à sourire en reprenant sa marche dans le couloir. Il fit une nouvelle pause devant la glace et dit :

– T'es aussi maboul que Linlin. Allez, oublie tout ça et descends bosser avec les autres.

Nour descendit, mais pas pour aider ses collègues.

– Prête-moi ton bureau durant une heure ou deux, dit-il à Hervé Dulac, en train d'interroger un abruti imbibé d'alcool à onze heures du matin et responsable d'un accident.

– Mon burlingue ? Pour quelle raison ?

– Les gradés disposent d'un bureau, pas moi. Je te demande un service, Hervé. Je ne t'en demande jamais. Je dois être seul pour bosser une heure sur un truc perso.

Dulac se leva de sa chaise, l'air inquiet.

– OK… OK, Nour. Tu n'as pas l'air dans ton assiette. Tu as des ennuis ?

– Peut-être, concéda Nour. Il fit la grimace, ajouta : Ouais, on peut dire ça.

Le maréchal des logis abandonna le bureau en poussant sans ménagement l'abruti alcoolisé qui bredouillait : « J'ai rien fait. La meuf avait qu'à traverser sur le passage protégé. Elle l'a bien cherché de se retrouver à l'hosto. »

Nour s'installa derrière l'ordinateur de Dulac. La pièce sentait la poussière. Une photo dans un cadre était posée à côté de l'ordinateur. Marion Dulac, une jolie rousse qui riait aux éclats et adressait un signe de la main à son mari au travail. Nour ne savait pas vraiment ni ce qu'il cherchait ni comment il allait procéder. Il avait besoin d'accéder à la base de données de la gendarmerie. Il tapa les codes, franchit les barrières informatiques et entra dans le périmètre protégé. Fichier automatisé des empreintes digitales. Aucun intérêt. Fichier automatisé… Il n'avait que l'embarras du choix. La consultation des données avalées par l'ordinateur communiquait l'impression que la France entière était fichée par les forces de l'ordre, selon l'expression consacrée que Nour détestait. Elle semblait indiquer que toute personne ne portant pas un uniforme militaire pouvait être cause de désordre.

Pédophilie. Délinquants sexuels. Nour hésita. Depuis le samedi 12 juillet, les listes de noms de criminels impliqués dans des affaires à caractère sexuel avaient défilé devant les yeux de tous les gendarmes ou les policiers mêlés à l'affaire Laura Dagret. Aucun résultat. Noureddine Hallack consulta pourtant le listing des personnes ayant eu ce genre de problème dans la région. Beaucoup trop de monde compte tenu de la modestie de la population.

– Tu perds ton temps !

Il s'énervait. Il ne disposait que d'une heure et n'était pas fichu de l'employer d'une façon efficace.

– Reconvertis-toi épicier, la gendarmerie c'est pas ton truc, ricana Nour, en imprimant un zigzag d'exaspération à la souris de l'ordinateur.

Il l'abandonna, mit sa tête entre ses mains et ferma les yeux. Il murmura :

– Bon, tu te calmes maintenant et tu affrontes les fantômes qui te foutent la trouille.

Il ouvrit les yeux. Inspira à fond. Posa la main droite sur la souris. Elle ne tremblait plus.

– OK, tu progresses !

Il consulta le listing des disparitions d'enfants. Les cinq dernières années. En Bourgogne. Ça ne mènerait nulle part, il le connaissait par cœur. Le seul espoir était qu'un détail ait échappé à la vigilance des enquêteurs. Oualou.

Alsace. Franche-Comté. Champagne-Ardenne. Les régions voisines. Encore oualou.

Plus Nour consultait de listes inutiles, plus sa vision s'embrouillait et plus son rythme cardiaque diminuait. Il transpirait et manquait d'air dans la pièce riquiqui.

– Allez, décide-toi, retourne au fichier général et tape ce nom, merde ! Tu verras bien !

Il parlait à voix haute comme s'il donnait des conseils à un de ses collègues. Il consulta sa montre. L'aiguille avançait à une rapidité exaspérante. Il se positionna sur le premier fichier, celui des empreintes digitales automatisées et écrivit *Pacino*. Il devrait tenter une démarche identique sur chaque fichier. Des noms défilèrent. Aucun intérêt. Fichier des empreintes génétiques. Fichier des actes pédophiles recensés. Fichier… Un brouillard s'installa devant ses yeux. Les noms et les renseignements donnés traversaient l'écran sans s'imprimer sur ses rétines. Nour avait de plus en plus de mal à déchiffrer le flot d'informations que vomissait l'ordinateur. Les mots devenaient des taches noires dépourvues de sens.

Affaires de mœurs.

Crimes sexuels.

Kidnapping.

Disparition et/ou enlèvement d'enfants. Depuis un an. Deux ans. Région Est. Région Sud. Trois ans. Région Nord. Région parisienne…

Les yeux de Nour étaient comme deux billes de verre constellées d'impacts, qu'on lui aurait enfoncées dans les orbites. C'était si douloureux qu'il les pressait de plus en plus fort entre deux déplacements de la souris.

Quatre ans. Cinq ans. Six ans.

– Ras le bol ! souffla Nour, les épaules en compote, le bras droit endolori par la crispation des muscles.

Sept ans. Huit ans. Région Sud-Ouest.

– Consulter l'ensemble de la France au lieu de cette découpe en tranches régionales aurait été plus rapide, dit Noureddine Hallack au gendarme auxiliaire maladroit qui maniait la souris. Il corrigea aussitôt ce point de vue : Pas certain. Celui qui a kidnappé Laura Dagret ne vient pas de très loin. Il a une attache régionale puisqu'il connaît le lac du Serpent, donc opérer région par région, en s'éloignant de la nôtre par cercles concentriques, est une bonne idée.

Se complimenter alors que sa théorie était fumeuse ne l'avançait guère. Le nombre d'enlèvements signalés était peu important ou alors il s'agissait d'histoires de couples se déchirant, refusant de rendre l'enfant dont l'un avait la garde durant un week-end. Il arrivait que des hommes, des femmes « emportaient » leur fils, leur fille à l'étranger, comme on emporte une valise, abandonnant derrière eux la plaie ouverte et inguérissable de celui ou de celle qui restait en France. Les disparitions d'adolescents, en revanche, étaient relativement nombreuses. Des fugues. Un jour, un mois. Ils réapparaissaient. Tout était consigné dans les fichiers.

Neuf ans.

– Je remonte jusqu'à la préhistoire ? ricana Nour.

Dix ans.

Il eut l'impression que l'écran de l'ordinateur se mettait à clignoter. Il entendit aussi l'emballement de la mécanique, un ronflement annonciateur d'une panne, se dit-il, avant de réaliser que c'était sa respiration qui ronflait, son cœur qui s'emballait ou plutôt clignotait comme une ampoule avant de s'éteindre.

Élise Pacino, petite fille blonde âgée de trois ans, affichait l'écran.

Noureddine Hallack cliqua sur le nom en ayant l'impression de commettre une erreur qu'il paierait très cher. C'était comme vouloir se lancer dans le vide sans penser aux conséquences. Un acte idiot. Pourtant, ce vide dangereux l'aspirait, lui murmurait : « Jette-toi. »

Les renseignements étaient brefs.

Le 12 juillet 2000, Élise Pacino, petite fille blonde âgée de trois ans, est kidnappée dans un parc public à Lamballe (Bretagne). Elle jouait en compagnie d'autres enfants sur l'aire de jeux et était sous la surveillance de son frère, âgé de dix-sept ans. Il semble que le frère ait relâché sa surveillance, pour une raison non élucidée. En dépit des recherches, Élise Pacino n'a jamais été retrouvée. Contact : Gendarmerie de Lamballe (Côtes-d'Armor).

La Bretagne.

Il y a dix ans.

L'adjudant était breton. D'origine bretonne. Le regard de Nour dériva de l'ordinateur jusqu'au mur grisâtre, en face. Il s'y accrocha. Combien de temps fixa-t-il la peinture pisseuse ? Sa respiration s'était ralentie, son visage se décolorait. Al Pacino s'installa sur ses rétines. Son corps massif. Ses paupières tombantes d'iguane. Sa Camel vissée entre l'index et le majeur. Peu à peu, les lèvres de l'adjudant se mirent à bouger. D'abord au ralenti, sans émettre de son. L'image se précisa. Ils roulaient dans la voiture de ronde. Minuit. Très fatigués tous les deux.

Nour bâillait. L'adjudant fumait.

– J'aimerais rentrer chez moi, dit Nour, dans un appartement qui ne soit pas dans la gendarmerie. J'aimerais qu'une femme m'attende, que deux ou trois enfants m'attendent… enfin, plus tard les gosses, mais j'aimerais en avoir plusieurs. J'aimerais avoir une famille au lieu de…

Il s'interrompit. Il s'apprêtait à se plaindre. Dire : « Au lieu d'être un célibataire tournant en rond dans une ville, assis à côté de mon chef célibataire lui aussi. Nous finirons en vieux flics solitaires et malheureux. »

Pacino décolla la clope de ses lèvres.

– Ouais, tu as raison, Nour, une famille c'est important. Parfois, je dis l'inverse, mais j'ai tort. J'ai une petite sœur, beaucoup plus jeune que moi. Ma mère l'élève en Bretagne. J'attends avec impatience d'obtenir ma mutation là-bas pour m'occuper d'elles.

Nour n'écoutait pas vraiment. Il ne pensait qu'à deux choses : rentrer, dormir.

Noureddine Hallack s'étira. Les dés étaient lancés. Impossible de les rattraper. L'évidence lui communiqua un coup de fouet. Autant en finir vite.

Il récupéra rapidement le numéro de téléphone de la gendarmerie de Lamballe. Tout en s'activant, d'une façon brutale et désordonnée, Nour calculait, additionnait des nombres qui ne devaient pas l'être et aboutissait à des réflexions catastrophiques qu'il repoussait avec énergie.

Élise Pacino, 3 ans. Laura Dagret, 13 ans. Élise Pacino enlevée il y a 10 ans. 10 + 3 = 13. Élise Pacino disparaît le 12 juillet 2000. Laura Dagret le 12 juillet 2010. Élise était blonde. Laura est blonde.

Noureddine Hallack composa le numéro de la gendarmerie de Lamballe, dans les Côtes-d'Armor. Un numéro spécial qui le mettrait directement en communication avec le Grand Manitou.

– Lieutenant Loézic.

Un ton sec, dépourvu de la moindre nuance d'amabilité, qui indiquait crûment : « Dépêchez-vous, j'ai autre chose à faire qu'à vous écouter. »

– Gendarme auxiliaire Noureddine Hallack, de la brigade de Sponge, en Côte-d'Or.

Nour se mordit la lèvre, conscient que son annonce ne ferait pas bondir de joie le lieutenant. Un plouc sans grade dérangeant un officier de la ville : une médiocre carte de visite.

– Je suis en charge d'un dossier dont l'origine se situe dans votre ville, commença Nour.

Il attendit cinq secondes avant de poursuivre. Le patron de Lamballe manifesterait de l'intérêt. Ferait une remarque. Aurait une exclamation. Rien. Le lieutenant conservait un silence de carpe. Nour décida d'aller droit au but, de foncer au culot puisque de toute façon il s'était fourré dans des embrouilles merdiques dont il ressortirait au mieux cabossé, au pire éjecté de la gendarmerie.

– L'affaire remonte à dix ans, dit Noureddine Hallack. Je souhaiterais donc parler à un collègue qui serait en poste chez vous depuis au moins dix ans. Ma demande... heu... n'a rien d'officiel... heu, il s'agit de vérifier des détails... heu... des impressions.

Le bourbier des mots. Il était cuit.

– Parfait, dit le lieutenant Loézic. Je vous passe l'adjudant-chef Marius Sembat, vingt-cinq ans de carrière dont dix-huit à Lamballe.

Nour n'eut pas le temps de réaliser, de dire merci, de dire « mes respects, mon lieutenant ». Il était tellement ébloui par sa chance qu'il répondit « Salut » à la voix qui annonçait :

– Adjudant-chef Sembat. Je t'écoute.

– Excusez-moi, mon adjudant. Mon bonjour... heu... salut, s'adressait à un collègue qui entrait dans mon bureau.

La voix rauque, mais chaude, reprit :

– Pas de salamalecs entre nous, on porte le même uniforme. On a du boulot ici, collègue, alors accouche. Je dois me dépatouiller d'urgence avec une marée d'auteurs de polars qui sont en ville pour une fête du livre et quelques-uns sont en train de semer un souk je te raconte pas.

Nour sourit. Expliqua :

– Est-ce que cette histoire de kidnapping d'Élise Pacino vous dit quelque chose ? termina Nour.

– Plutôt, oui ! J'ai beau être en retraite le mois prochain, mon cerveau est un fichier qui fonctionne mieux que des listings d'ordinateurs bourrés d'infos dont on n'a que foutre. Tu as de la chance. Je suis le dernier gendarme qui reste de cette époque. Les autres ont été mutés ou sont partis en retraite.

Nour soupira. Faillit dire : « On a du boulot ici, collègue, alors accouche. » Il se retint. Le « collègue » breton était néanmoins un gradé.

– Je vous écoute, déclara Nour, d'une voix qu'il s'appliqua à maintenir terne alors qu'il crevait d'envie de fracasser le téléphone contre un mur.

– Lamballe est une ville plutôt calme. Le kidnapping d'un bébé, oui, on peut dire un bébé, a fait l'effet d'une explosion nucléaire. La petite Élise Pacino n'avait que trois ans. Nous étions en été, le mois de juillet. Sa mère l'emmenait presque chaque jour dans un parc public. Elle y restait deux ou trois heures, Élise jouait avec d'autres enfants. La mère vivait seule, son mari étant décédé. Elle était en recherche d'emploi, ce qui lui laissait du temps pour s'occuper de sa fille. La mère s'appelle Marthe. Le père, Salvatore Pacino, dirigeait une entreprise de bâtiment…

« Tu vas te décider à abréger, oui ou merde ! » suppliait le cerveau de Noureddine Hallack. Il tenta d'interrompre Sembat :

– Comment le kidnapping s'est-il déroulé ?

L'adjudant poursuivit son récit sans s'émouvoir du ton sec.

– Des gens bien, les Pacino. Le père est tombé d'un toit qu'il réparait. Bref, Marthe Pacino était au parc avec Élise, mais elle devait s'absenter pour se rendre à un entretien d'embauche. Elle ne l'avait pas dit à son fils afin de ne pas le décevoir en cas d'échec. C'était déjà arrivé plusieurs fois et son fils le vivait mal.

– Et alors ? rugit Nour.

Il y eut un silence. Sembat parut se demander s'il allait poursuivre son récit ou raccrocher. Il opta pour la première solution.

– Et alors, le couple qui surveillait probablement le bébé depuis des jours… oui, l'enquête a au moins démontré ça, qu'un couple et non un individu solitaire est impliqué dans l'enlèvement… bref, le couple a profité du relâchement de la surveillance d'Élise…

– Pourquoi ce relâchement ? demanda Nour.

– La mère, durant son absence, a confié Élise à la surveillance de son frère, un gamin de dix-sept ans, probablement plus occupé à lorgner les filles en jupe qu'à suivre les faits et gestes de sa petite sœur. De toute façon, à dix-sept ans, on ne pense pas au danger et surtout on n'imagine même pas qu'un salopard peut enlever un bébé de trois ans. Freddy Pacino a dit qu'il s'était rendu aux toilettes…

– Freddy… Freddy Pacino, parvint à dire Nour, alors que sa gorge était aussi sèche qu'un oued en été.

L'adjudant Sembat rit.

– Ouais, Freddy Pacino que ses copains du lycée appelaient Al. Al Pacino, quoi. Ça te dit quelque chose, non, même si tu ne vas pas au cinéma ?

– Oui, ça me dit quelque chose, dit Noureddine Hallack. Pour me dire quelque chose, il n'y a pas mieux.

– Tu ne devineras jamais quel métier Freddy exerce maintenant ?

– Si… si… répondit Nour, en broyant de sa main gauche la souris de l'ordinateur. Il est gendarme !

– Gagné ! Tu m'en bouches un coin, collègue !

La conversation se poursuivit à travers un brouillard mental. Nour n'en retint que la dernière information, donnée juste avant que l'adjudant ne raccroche.

– Le rapport de l'enquête de gendarmerie conclut qu'Élise a probablement été victime d'un couple en mal d'enfants. Cette conclusion nous accorde l'espoir que la fille soit toujours vivante. Si c'est le cas, elle a treize ans maintenant. C'est parce que la dernière piste s'arrêtait en Bourgogne, du côté de chez vous, que vous prenez contact avec nous ?

Noureddine Hallack répondit quelque chose, mais quoi ? Quand Hervé Dulac entra dans son bureau, Nour tenait le téléphone contre son oreille et pourtant Sembat avait coupé la communication depuis un moment.

10 - TRAQUENARD

Samedi 26 juillet
11 heures

Nour s'était décidé en quelques minutes. Prétextant un oubli, il était remonté à son appartement afin de donner les deux coups de téléphone discrets qui, en définitive et quel que soit le résultat final, le propulseraient au bord de l'abîme.

– Monsieur Quitani ? Gendarme Noureddine Hallack. Nous allons clore provisoirement le dossier Laura Dagret, mais l'adjudant-chef Pacino souhaite effectuer une dernière inspection autour du lac du Serpent en compagnie de Jean-Alain.

– Vous allez foutre la paix à mon fils un jour ! avait explosé Richard Quitani.

Nour s'était forcé à rire. À mentir. À user d'un ton d'une hypocrite légèreté.

– Rassurez-vous, Jean-Alain est maintenant hors de cette histoire. Plus personne n'imagine qu'il ait joué un quelconque rôle dans la disparition de Laura Dagret.

Il avait toussoté. Hervé Dulac pensait toujours à la culpabilité du garçon.

– Nous voulons vérifier une dernière fois qu'au cours de la nuit passée hors de votre domicile, Jean-Alain n'a rien remarqué de particulier. Un détail, même minuscule, qui nous échapperait.

– Ça fait vingt fois que vous trimballez mon fils comme un sac autour de ce lac ! Bon, d'accord, mais je vous avertis que plus jamais un gendarme ne remettra les pieds chez moi après l'épisode d'aujourd'hui !

Le rendez-vous était fixé à midi, devant la maison.

Pour Alice, la démarche s'était avérée plus facile.

– Madame Amiliane ?

Nour avait sorti un couplet à peu près identique. Une ultime vérification.

– Je vous passe Alice. Elle a l'âge de prendre seule ses décisions.

La jeune fille s'était exclamée :

– Ouais, un gendarme qui me téléphone ! C'est pour un rendez-vous ?

Les explications de Noureddine avaient éteint son excitation.

– Pourquoi moi ? Pourquoi j'irais avec vous trois ?

Nour s'était lancé dans de nouveaux mensonges.

– J’ai parlé à l’adjudant de notre arrêt sur le « parking » jeudi quand nous étions avec le maréchal des logis et Jean-Alain. Il aimerait recommencer le déplacement. Je crois aussi qu’il aimerait entendre ce que tu voulais lui dire au téléphone. Son portable est en rideau, d’où le bug, donc tu pourras lui parler en direct.

Il s’était interrompu, réalisant qu’il s’aventurait sur un terrain dangereux. Alice avait accepté la proposition.

Rendez-vous pris à midi devant chez elle.

Nour n’attendait rien de sensationnel de la part de la jeune fille. Le téléphone n’était qu’un prétexte. Une fois dans la voiture, il n’en parlerait pas. En revanche, Alice serait utile à Linlin. Elle était son modérateur. Un lien puissant et inexplicable unissait les deux adolescents. Nour l’avait ressenti dès le début. Linlin serait rassuré et apaisé si Alice prenait place à côté de lui dans la voiture de gendarmerie.

Noureddine Hallack se tenait maintenant derrière la porte du bureau de Pacino. Il frappa et entra sans qu’on lui en donne l’autorisation. Au point où il en était, autant ne plus réfléchir et foncer sans ergoter.

– Tu veux quoi ? dit Pacino, en se redressant d’un coup de reins dans son fauteuil, comme si son collègue le surprenait en train de somnoler.

– Un service, dit Nour, en s’efforçant de sourire. Je sais que tu pars en Bretagne cet après-midi, mais je voudrais que tu m’accompagnes pour une ronde autour du lac du Serpent.

L’adjudant tressaillit.

– Une ronde ? Qu'est-ce que tu racontes ? Il est bientôt midi, je me tire en perm. Il s'est passé quoi d'urgent, là-bas ? Un chalutier a coulé, noyant ses six hommes d'équipage ?

– Un ferry avec trois cents passagers, répliqua Nour, conscient que sa plaisanterie sonnait aussi faux que celle de son chef et que le sourire qui l'accompagnait sortait du congélateur.

Il serra le poing droit dans son dos, pensa : « Vas-y, maintenant. Le grand saut pour en finir. »

– Les deux adolescents qui habitent au bord du lac…

– Les deux adolescents ? l'interrompit l'adjudant, le front strié de rides.

Il semblait se demander de qui parlait Nour.

– Alice et Linlin, répliqua Noureddine, d'un ton sec. Il n'y en a pas trente-six mille au bord du lac.

– Ah oui, eux. Quelle complication nous apportent encore ces deux-là ?

Noureddine Hallack débita l'énorme mensonge sans reprendre sa respiration :

– Ils ont repéré un individu qui rôdait autour du lac. Un type bizarre, en maillot de bain, qui prenait en cachette des photos de deux femmes sur la plage. Il a proposé de les photographier aussi et voulait entraîner Alice dans les roseaux. Linlin l'a défendue.

– Nom de Dieu ! rugit l'adjudant. Tu as raison, il faut tirer ça au clair avant que je parte, sinon je ne serai pas tranquille. On y va. Ça prendra moins d'une heure.

Les muscles de Noureddine Hallack se relâchèrent. L'impression que son corps se défaisait, partait en bouillie. Le traquenard se mettait en place. Il n'en éprouva aucune satisfaction. Le contraire. La tristesse le submergea. Quand Pacino contourna son bureau et vint près de lui, Nour faillit lui prendre le bras et dire : « J'ai raconté des mensonges pour te piéger, Al. Je suis un sale connard de traître. »

Il se tut et ils quittèrent le bureau ensemble.

Nour conduisait la Peugeot de la gendarmerie. Les deux hommes ne parlaient presque pas, comme d'habitude. Une habitude qui s'était perdue, depuis la disparition de Laura. Pacino n'avait plus participé à une seule ronde autour du lac du Serpent. « Pas le temps, vu le binz dans lequel la brigade est plongée. »

C'était l'excuse invoquée, mais Nour pensait qu'il redoutait plutôt de rencontrer Linlin. En conduisant, il ruminait le traquenard qu'il préparait. Il s'encourageait en ruminant aussi le conseil que donnait le capitaine commandant l'école de gendarmerie de Chaumont : « Seul le résultat doit compter. Peu importe la méthode qui permettra de l'atteindre, à condition de ne pas sortir de la légalité. Laissez sur la touche vos interrogations morales, vos hésitations, vos doutes philosophiques et foncez vers le but. »

Noureddine Hallack fonçait donc sur l'étroite départementale.

– Ralentis, marmonna Pacino, après avoir dévissé la Camel de ses lèvres. Je pars en perm tout à l'heure, j'ai pas envie d'emplafonner un arbre.

Nour ralentit. Pas parce qu'il obéissait à un ordre de son supérieur hiérarchique, mais parce qu'ils passaient près de l'endroit où Linlin était censé avoir vu le camion blanc et un individu qui vomissait. Il surveillait les réactions de l'adjudant du coin de l'œil. Pacino continua à pomper sa clope sans broncher.

Alice attendait au bord de la route. « Elle est belle », pensa Nour, en découvrant la fine silhouette de la jeune fille. Jean, T-shirt rose et cheveux légèrement ébouriffés sur la nuque afin d'en dégager les courbes harmonieuses.

– Monte, ordonna Nour d'une voix qu'il espéra solide.

Il réalisa que personne ne s'était dit « bonjour », comme si la tension qui les habitait les transformait en étrangers plus ou moins hostiles.

– Alors, il paraît qu'on t'a agressée ? demanda l'adjudant.

Nour embraya. Un démarrage brutal qui propulsa les passagers vers l'arrière.

– Calme-toi ! coassa Pacino.

Noureddine ne voulait pas que la discussion s'engage. Trop dangereux. Il restait cinq cents mètres avant d'atteindre le château Quitani.

– Agressée ?

Alice rit. Elle imaginait une plaisanterie. Elle dit :

– Pourquoi vous ne m'avez pas répondu au téléphone ?

Le cerveau de Nour gronda « Merde ! » mais la vue de Linlin attendant au bord de la route permit d'éloigner le danger. Il freina aussi brutalement qu'il avait accéléré. Richard Quitani accompagnait son fils. Lequel, accroupi, nouait les lacets de ses baskets. Le père se pencha vers la vitre ouverte.

– Je vous accorde un quart d'heure maximum. Et vous avez intérêt à ne pas le dépasser, ne serait-ce que de trente secondes !

Il se redressa et se dirigea vers la maison.

– Jean-Alain nous accompagne ? s'étonna Alice. Chouette. J'adore ces balades à quatre dans une voiture de gendarmerie. Il ne manque plus qu'Odyssée.

Elle ouvrit la portière.

– Monte, Jean-Alain !

Linlin, qui s'était approché, obéit. Elle l'embrassa sur les joues, rapidement, dit :

– On part en voyage.

Le garçon s'installa. L'adjudant ne tourna pas la tête et marmonna :

– Il paraît que maintenant tu défends les jeunes filles ?

La Peugeot était immobilisée en plein milieu de la route. Nour regardait les occupants de la voiture, comme s'il était au cinéma, dans l'attente d'un épisode important. Il remarqua la pâleur du visage de Pacino et cette façon qu'il avait de se tenir droit, tournant résolument le dos à Linlin. Le silence était total.

Et dura.

Nour dénoua ses mains du volant et fit pivoter son corps afin de bien voir les passagers assis à l'arrière. Linlin, aussi pâle que Pacino, se serrait contre Alice. Ses lèvres bougeaient mais les mots ne sortaient pas.

– Qu'est-ce que tu as, Jean-Alain ? demanda Alice.

Elle passa son bras droit autour de son épaule et le serra plus fort encore.

– Peur… peur, répondit Linlin.

De la salive s'écoulait de sa bouche, formant un filet liquide qui descendait jusqu'en bas du menton.

– Peur de quoi ? dit Alice. Je suis là. Normalement, dans les histoires, les filles ont peur et les garçons les protègent. Tu sais bien, tous ces trucs de chevaliers courageux…

Elle émit un rire fragile, faute de savoir quoi dire d'autre.

– De quoi tu as peur ? demanda Noureddine Hallack.

Il eut l'impression que sa langue pesait une tonne et se mouvait dans une bouche contenant de la boue à la place de la salive.

Linlin s'écarta un peu d'Alice. Il pointa l'index droit dans le dos de l'adjudant, le manœuvra d'avant en arrière. Ses lèvres s'animèrent à nouveau sans délivrer les mots.

– Jean-Alain, on t'aime, dit doucement Alice.

Elle essaya de prendre sa main gauche dans la sienne, mais Linlin secoua son bras avec brutalité. Il fouilla fébrilement ses poches jusqu'à ce qu'il trouve un objet que Nour n'identifia pas.

– Sa grenouille, expliqua Alice.

Le gendarme n'eut pas le loisir de demander en quoi le petit objet métallique était une grenouille. Linlin le brandit devant lui, derrière la tête de Pacino. L'adjudant se conduisait toujours comme si la scène qui se déroulait à l'intérieur de la voiture de ronde ne le concernait pas. Le garçon appuya sur une sorte de languette de métal. À toute vitesse. La grenouille émit des craquements rauques. Et Linlin accompagna les bruits de plus en plus rapides, de plus en plus hystériques, de mots de plus en plus précis et dangereux.

– Peur... peur... lui... lui... camion blanc... camion blanc... camion dégueule... lui dégueule... jumelles... jumelles... tout vu... tout vu... lui...

Linlin expédiait les mots comme s'ils étaient des balles de pistolet. Plus il se répétait, plus il s'énervait. Le siège de la Peugeot se transforma en trampoline sur lequel ses fesses montaient et descendaient. Nour et Alice le regardaient, à la fois fascinés et paralysés par la violence que le garçon libérait.

Noureddine Hallack constata que Pacino fermait les yeux. Il porta les mains à sa nuque. Un rictus de douleur étira ses lèvres.

– S'il te plaît, Alice, raccompagne Jean-Alain chez lui. Je crois qu'il ne va pas bien et l'adjudant Pacino a aussi des problèmes. Je te téléphonerai ce soir.

Alice obéit sans faire de commentaires. Elle ouvrit la

portière du côté de Linlin, dit : « Viens, on rentre à pied ensemble. » La grenouille cessa de coasser.

– Secret… secret Alice… juré… juré…

Il quitta la voiture de ronde en hésitant. Nour patienta. Il regarda les deux adolescents qui s'éloignaient. Alice tenait la main de Linlin. Pacino se taisait.

– Nous aussi on rentre, Freddy, annonça Noureddine Hallack.

La voix pâteuse de l'adjudant parut forcer les lèvres à peine entrouvertes.

– Pourquoi tu m'appelles Freddy, maintenant, au lieu de Al ?

Nour enclencha la première et fit rouler la voiture.

– Parce que tu es le frère d'Élise Pacino, la fillette enlevée il y a dix ans, alors que tu devais la surveiller.

Noureddine Hallack ne prit pas le chemin du retour. La Peugeot contourna le lac du Serpent.

– Tu as une crise ? demanda Nour.

Les épaules de Freddy Pacino tressautaient comme si un courant électrique parcourait le corps du gendarme.

– Oui, ça vient.

Pacino enfonça deux doigts à l'intérieur de la poche poitrine de la chemisette bleue réglementaire et en extirpa une petite boîte à pilules. Il avala trois comprimés, prononça une phrase barbouillée que Nour comprit cependant grâce à la lenteur d'élocution.

– La crise ne durera que dix minutes grâce au médicament. Je t'expliquerai après.

– Il n'y a rien à expliquer, répondit Nour, d'une voix lasse. Tu es complètement dingue.

Ils ne s'adressèrent plus la parole jusqu'au parking sur lequel Pacino garait le Ford Transit quand il épiait Laura Dagret. L'adjudant était de toute façon incapable de parler. Il claquait des dents. Tremblait. Réprimait des haut-le-cœur. Pourtant, quand Nour arrêta la voiture près de la tache d'huile laissée par « le camion blanc », il émit une plainte de chien battu.

– Oui, constata Nour, en coupant le moteur de la Peugeot, nous sommes arrivés à l'endroit où tu garais « le camion blanc ».

Il attendit.

Les tremblements de Pacino s'espacèrent. Ses paupières parurent à Nour encore plus épaisses que d'habitude. Des volets qu'il ouvrait par intermittences. La teinte sombre des yeux, en dessous, était déplaisante. Des yeux morts. Ils n'affichaient aucune marque de crainte, de révolte, de colère ou d'un quelconque sentiment. Nour se dit qu'il était assis à côté d'un inconnu. L'adjudant-chef commandant la brigade de Sponge avait disparu, abandonnant la place à une autre personne, un individu froid, aux yeux de poisson.

« Un dédoublement de la personnalité, estima Nour. Une schizophrénie aiguë. » Ce qu'il dirait à Freddy Pacino ne serait ni compris ni admis par l'adjudant, de même que lui ne comprendrait ni n'admettrait les propos de son supérieur.

– Laura est ma sœur, dit Pacino. Ma sœur Élise. Comment le sais-tu ?

Nour s'était préparé. Pourtant, il ferma les yeux à s'en faire mal et murmura : « Nom de Dieu, Al, dis pas de conneries. » Il déposa ses deux mains à plat sur le volant, respira à fond et dit :

– Maintenant, tu m'écoutes et tu n'interviens que si je me trompe. D'accord ?

Freddy Pacino conserva le silence.

– Très bien, fit Nour. Je sais que tu as déjà compris pourquoi je t'ai amené ici. Voilà comment je vois les faits, Freddy.

Le buste de Noureddine Hallack s'inclina vers le volant comme si ses épaules étaient trop frêles pour supporter le poids des mots qu'il allait prononcer. Il lorgna brièvement l'adjudant avant de poursuivre. L'indifférence de Pacino était glaçante.

– Il y a dix ans, commença Nour, tu surveillais ta sœur Élise, une petite fille blonde qui jouait dans un parc de Lamballe, une ville de Bretagne près de laquelle tu habitais avec ta mère. Ta surveillance s'est relâchée pour une raison que tu as gardée secrète, en dépit des interrogatoires. L'enquête a conclu que tu as probablement commis une faute, une de ces erreurs qu'un garçon de dix-sept ans – tu avais dix-sept ans à l'époque, Freddy – commet par manque de réflexion et qu'il a honte d'avouer. Élise a été kidnappée, semble-t-il par un couple en manque d'enfants. Rien n'est certain. Sa trace s'est perdue – là encore, il s'agit d'une hypothèse – dans la région, ici, près de Sponge. Élise est peut-être morte.

– Non !

Un hurlement de loup. Nour eut peur d'une réaction violente. Pacino le frapperait. Dans ce cas, comment réagirait-il ? Employer lui aussi la violence avec son supérieur hiérarchique ?

– D'accord, je me trompe. Élise est vivante.

Nour posa sa main droite sur l'épaule de Freddy.

– Ça va ?

Pacino ne répondit pas. Ses yeux étaient liquides.

« Il va pleurer », pensa Nour, affolé et, en effet quelques larmes filtrèrent des paupières à demi closes de Freddy.

– Quoi qu'il en soit, reprit Noureddine Hallack, la perte de ta sœur et ta culpabilité ont bouleversé ta vie. Tu es devenu gendarme dans le but de poursuivre l'enquête, du moins à ta façon. Tu l'as été d'abord en Bretagne et peu à peu, tu as pété les plombs. Tu t'es persuadé qu'Élise vivait ici, avec ses kidnappeurs. Tu t'es fait muter à Sponge. Tu as dû rechercher toutes les filles blondes de la région. Enquêter. Photographier. Classer. Tu t'es persuadé que Laura est Élise. Tu es fou, Pacino, beaucoup plus secoué que Linlin si longtemps suspecté. Laura Dagret n'est pas Élise, tu le sais au fond de toi.

– Si. C'est l'inverse, Nour. Tu sais, toi, que j'ai raison. J'ai en effet enquêté, établi des dossiers : Laura a été adoptée à l'âge de trois ans, déclarent Irène et Xavier Dagret. Ils mentent. Il y a dix ans, en juillet, ils passaient leurs vacances en Bretagne, près de Lamballe.

Une sorte de sourire se déployait sur le visage de Freddy Pacino à mesure qu'il se persuadait. Nour était médusé. Personne ne réussirait à convaincre Freddy qu'il ne reverrait jamais Élise. Que sa sœur était probablement morte. Que des fous avaient commis le même acte monstrueux que celui qu'il venait de commettre en enlevant Laura.

– Tu as kidnappé Laura avec ton Ford Transit, Freddy. Tu l'as fait un 12 juillet, jour anniversaire de la disparition de ta sœur. Linlin t'a vu le samedi 12, alors que tu venais d'agir. Le camion blanc était le Transit qui perd son huile moteur. Tu es l'homme aux jumelles qui vomissait. Tu traversais une de tes crises. Laura Dagret se trouvait à l'intérieur du fourgon et cet après-midi, tu comptes l'emmener en Bretagne, auprès de ta mère. Tu crois qu'ainsi tu effaceras le passé, tu effaceras ta faute, tu retrouveras Élise et la vie recommencera comme avant, comme si rien n'était arrivé l'année de tes dix-sept ans. Tu es malade, Freddy. Un être humain n'est pas un objet que l'on remplace par un autre si on l'a cassé ou perdu et hop, ni vu ni connu.

– J'ai retrouvé ma sœur, Nour, dit calmement Freddy Pacino. Je la ramène à la maison. Elle est partie pendant dix ans : si tu savais comme c'est interminable dix ans.

– Putain ! murmura Nour.

Il avait l'impression que la voiture de ronde devenait une nasse dans laquelle il était enfermé et dont il ne parviendrait pas à sortir. Les vitres, grandes ouvertes, délivraient l'air poisseux et surchauffé de l'extérieur. Les roseaux étaient immobiles. Le ciel, d'un bleu intense, semblait artificiel.

– Linlin t'inquiétait, n'est-ce pas ? déclara Noureddine. Il t'avait vu à cet endroit, pouvait se douter de quelque chose et donc établir un lien, même si son cerveau embrumé te protégeait.

– Pauvre garçon, grogna Pacino.

Il s'empara de son paquet de Camel, le tritura, produisant ainsi un irritant bruit de papier. Nour le lui arracha des mains et le jeta au-dehors. Freddy se contenta de sourire.

– Un pauvre garçon que tu as voulu éloigner en faisant peur à sa famille. C'est toi qui as tenté d'incendier le château Quitani pour les pousser à déménager. Je me trompe ?

Freddy haussa les épaules.

– Ce n'était pas un véritable incendie. J'avais pris des précautions. De toute façon, le gosse allait vivre un enfer en continuant à habiter près du lac du Serpent.

– Tu aurais pu tuer trois personnes, voilà ce que valaient tes précautions.

Noureddine Hallack tourna la clé de contact. Le moteur de la Peugeot ronronna. Un héron volait au-dessus du lac.

Aucun bruit. Nour, avant de parler, pensa avec amertume que le lac du Serpent aurait pu être une sorte de paradis. Il dévisagea Freddy Pacino.

– Je sais que tu n'as pas fait de mal à Laura. Conduis-moi près d'elle, maintenant.

Le sourire ressurgit sur le visage de Pacino. Son regard s'éclaira.

– D'accord. Lisou m'attend. Elle détestait que je l'appelle Lisou. Je lui expliquerai, elle comprendra. Elle est intelligente, elle comprendra.

– Elle comprendra quoi ? s'énerva Nour.

– Elle comprendra que je la ramènerai plus tard à la maison. Elle devra patienter encore un peu, mais nous rentrerons chez nous un jour ou l'autre.

ÉLISE

Samedi 26 juillet
20 heures

– Noureddine Hallack, de la brigade de Sponge. J'aimerais parler à Alice, s'il vous plaît.

– Mais… vous ne pouvez pas… non, il est tard… quelque chose de grave est arrivé ? dit Lucie Amiliane.

– Je vous en prie, madame Amiliane. Quelques minutes seulement.

– Nour ?

– Alice… Je tiens à ce que tu apprennes la nouvelle avant qu'elle ne se répande. Nous avons récupéré Laura Dagret. Elle est à l'hôpital, pas en très bon état, mais elle s'en remettra après deux ou trois semaines de repos, affirment les médecins. Elle s'en remettra physiquement. Pour le reste, j'ai très peur que ce ne soit plus long.

– Mon Dieu, fit Alice.

– Ne pleure pas, Alice. Tout se termine relativement bien.

– Oui… mon Dieu… Jean-Alain sera aussi heureux que les parents de Laura.

– Il le sait déjà. Nous avons prévenu ses parents en même temps que ceux de Laura Dagret.

– J'imagine que vous ne pouvez pas me dire qui, comment, où.

– Je ne peux pas, en effet, mais tu l'apprendras vite. Je peux te demander encore quelque chose, Alice ?

– Oui, bien sûr.

– Le jour de l'enlèvement, Linlin a vécu un événement exceptionnel qui l'a marqué d'une façon indélébile.

– Indélébile ?

– Indélébile signifie « qu'on ne peut pas effacer ». Cette journée est inscrite d'une façon indélébile dans la mémoire de Linlin.

– Jean-Alain.

– De Jean-Alain. Son secret, ainsi qu'il le répète sans cesse. J'ai la certitude que tu sais quel est ce secret qui l'a empêché de se confier aux gendarmes. Tu accepterais de m'en dire davantage ?

– Je connais le secret de Jean-Alain, c'est vrai. Mais il restera un secret pour toujours. Secret… secret… secret…

Alice imite la voix de Linlin. Noureddine Hallack a l'impression de voir le garçon devant lui. D'entendre son rire.

– Vous allez devenir important à Sponge, après un tel succès de la brigade, remarqua Alice. Vous prendrez du grade. Bravo.

– …

– Vous m'entendez toujours ?

– Je ne suis pas certain d'être capable de devenir un bon gendarme, répond Noureddine Hallack. Je vais probablement démissionner.

Il coupe la communication.

Dimanche 27 juillet
10 heures

– On sonne, mon chéri. Tu ouvres, Jean-Alain ? Ton père et moi sommes occupés en haut.

Jean-Alain ouvre la porte d'entrée du château Quitani. Sur le seuil, Irène et Xavier Dagret. C'est Irène qui parle.

– Nous allons à l'hôpital, à Dijon. Une visite à Laura.

Elle toussote. Son mari poursuit à sa place :

– Si tu es d'accord, si tes parents sont d'accord, nous aimerions que tu nous accompagnes. Laura serait heureuse de te voir. Si tu veux bien, évidemment. Si tu veux.

– Veux… veux… dit Linlin.

Il sort sa grenouille de sa poche. Appuie. Tac, tac, tac. Il éclate de rire et le hall derrière eux s'emplit de « veux… veux… tac… tac… veux… veux… tac… tac… ».

Dimanche 27 juillet
20 h 15

Les informations du journal télévisé de 20 heures.

« L'affaire de l'enlèvement de Laura Dagret, cette adolescente de treize ans disparue depuis quinze jours, vient de trouver sa conclusion. Tout se termine bien. Laura a été retrouvée saine et sauve. Elle semble ne pas avoir subi de sévices d'ordre sexuel. Le kidnappeur… »

Élise, une adolescente blonde, regarde la télévision. Seule. Sa mère est dans la cuisine. Son père est absent.

– Marité, crie Élise, on a retrouvé cette fille de mon âge, Laura, enlevée pas très loin d'ici ! Tu te souviens ?

Elle pousse un cri, puis s'exclame :

– Ouais ! Le coupable est un flic ! Il s'appelle Freddy Pacino ! Il est dingue, il croit que c'est sa sœur !

La mère surgit de la cuisine. Éteint la télévision. Gronde :

– J'en ai marre que tu passes ton temps collée à ce poste ! Tu regardes des horreurs. Tu es trop jeune pour être confrontée à des nouvelles aussi affligeantes. Je te prie de venir m'aider à la cuisine.

REMERCIEMENTS

Mes remerciements chaleureux à Tom Robbins, auteur américain qui m'a si aimablement autorisé à utiliser comme titre de mon livre une phrase empruntée à son roman *Comme la grenouille sur son nénuphar* paru en France aux éditions Gallmeister.

Mes vifs remerciements aussi à Philippe Beyvin qui dirige la collection « Americana » aux éditions Gallmeister. C'est par son intermédiaire que j'ai pu si vite entrer en contact avec Tom Robbins et obtenir son accord.

Et je n'oublie surtout pas l'équipe attentive et chaleureuse des éditions Thierry Magnier qui accompagne mon travail d'auteur depuis tant d'années.

TABLE

DANS LA MÊME COLLECTION

Le temps des lézards est venu, **Charlie Price**
traduit de l'anglais (États-Unis) par **Pierre Charras**

« Je roule trop vite. La dernière chose dont j'ai besoin en ce moment est d'être arrêté par la police. Un flic pourrait savoir que je connaissais Marco. On pourrait me soupçonner de l'avoir aidé à s'enfuir. Peut-être recherche-t-on déjà cette voiture. Je ne le crois pas, mais tout est envisageable. Peut-être est-on parfaitement au courant pour ma mère et pense-t-on même que moi aussi je suis fou.

Pourquoi suis-je énervé à ce point ? Je n'ai pas peur. Si ? Ça a une telle importance ! Je voudrais que les gens le comprennent, je voudrais qu'ils en sachent autant que moi. Il faut que j'aille voir les Ludlow et que je leur raconte toute l'histoire.

Je suppose que je suis un peu surexcité, mais il est impossible de garder pour soi un tel secret. Un secret susceptible de changer la face du monde. De faire le bonheur de milliers de personnes. De mettre la science sens dessus dessous. Bien sûr j'ignore tout des réponses, mais je sais quelle direction prendre. Moi seul connaissais vraiment Marco.

Z m'aidera certainement à trouver un angle d'attaque. Elle m'écoutera et me conseillera. C'est la sœur de Hubie. Elle est en deuxième année de fac. Elle est mon aînée de trois ans. Intelligente et drôle et surprenante et tellement différente ! Mais si elle n'est pas là ? Quel jour est-on aujourd'hui ? Quel *jour* ? Même Hubie pourrait m'aider. On peut déjà le considérer comme un homme de science. Ou Mme Ludlow. Elle saura quoi faire. Mais pas la police. Pas maintenant. Je ne suis pas prêt.

Ce n'est pas une histoire qu'on peut confier à n'importe qui... »

(Extrait du chapitre 1)

Caulfield, sortie interdite, **Harald Rosenløw Eeg**
traduit du norvégien par **Jean-Baptiste Coursaud**

« Je tombe. Je regarde la ville pendant que je tombe et que les branches des arbres croisent les doigts nus de leurs mains pour faire une prière. Le ciel est foncé en son milieu, d'un bleu lacéré aux extrémités ; seule la vapeur de ma respiration trahit la présence d'air dans mes poumons.

J'ai soudain l'impression d'apercevoir, tout là-haut, un flocon de neige. Un ticket gagnant. Qui tout en lenteur virevolte vers le bas. Je me figure que je dois absolument le sauver avant qu'il n'atteigne le sol. Et donc j'essaie de m'en emparer. Mais il glisse entre mes mains qui n'attrapent que le vide de l'air ambiant. Heureusement pour moi il en vient un autre. Nouveau flocon, nouvelle possibilité – que je tente d'attraper, lui à défaut de l'autre. Sauf qu'il finit à son tour par rejoindre le sol. Dans un souffle rouge. Les flocons de neige virent au rouge sitôt qu'ils touchent le sol. Quand je relève la tête, je vois le ciel moucheté de grains neigeux qui tranquillement déclinent, restent un instant en suspens, attendent. Et c'est là que je comprends que je n'arriverai pas à en sauver un seul. »

(Extrait du chapitre 1)

La vie commence, **Stefan Casta**
traduit du suédois par **Agneta Ségol**

« As-tu déjà pensé à ce que serait la vie sur la planète Terre s'il n'y avait que les hommes ?

S'il n'y avait pas d'oiseaux dans le ciel, pas de poissons dans la mer. Pas d'agneaux, pas de chiens de bergers, pas de chauves-souris, pas de lièvres blancs.

Rien que des Toi & Toi & Toi. Et des Moi & Moi & Moi.

Excuse-moi, c'est juste une idée qui vient de me passer par la tête. (Personnellement, je pense qu'on aurait une impression de grand vide !)

Mais venons-en au fait.

Je vais te raconter l'histoire d'une fille qui adore les animaux.

En écrivant ces lignes, je m'aperçois que je ne sais pas grand-chose d'elle. À peine son nom.

C'est sans doute ce qui explique pourquoi mes pensées volent comme des oiseaux dans ma tête.

Je soupire, j'arrête l'ordinateur et je vais me coucher.

Et quand je ferme les yeux, le monde s'éteint.

C'est alors que remontent *les contes*… »

(Extrait du chapitre 1)

All together, **Edward van de Vendel**
traduit du néerlandais par **Emmanuèle Sandron**

« L'été dernier, ma vie a franchi le mur du son. Six mois se sont écoulés depuis août, mais elle reste marquée par ce clivage entre l'avant et l'après. Avant, j'étais un gars insignifiant de dix-huit ans ; aujourd'hui, je suis dévoré par un amour fou. Avant, je vivais dans mes rêves ; aujourd'hui, j'arbore un tatouage : un petit avion sur le bras qui, jour après jour, raconte mon départ pour l'Amérique, ma découverte de la Norvège et puis mon retour aux Pays-Bas. Autrement dit : mon voyage avec Oliver, mon voyage vers Oliver, mon voyage loin d'Oliver.

Avant, j'habitais chez mes parents ; aujourd'hui, je vis dans une coloc à Rotterdam. Avant, je préparais mon bac comme un imbécile ;

aujourd'hui, je suis inscrit à l'École nationale de création littéraire. Avant, je papotais à la table de la cuisine avec ma mère ; aujourd'hui, je discute avec Vonda. Et avec Vonda, ma vie a franchi un deuxième mur du son. »

(Extrait du chapitre 1)

En attendant New York, **Mitali Perkins**
traduit de l'anglais (États-Unis) par **Valérie Dayre**

« Par la vitre baissée, Asha et Reet pressaient les mains de leur père. Le train se mit lentement en mouvement, prit de la vitesse. Baba dut courir. Quand ses doigts échappèrent à leur étreinte, les filles se penchèrent davantage pour le voir s'effacer puis disparaître dans la brume de Delhi.

– Attention ta tête, Osh ! s'écria brusquement Reet en tirant sa sœur vers l'intérieur du compartiment.

Le train s'engouffrait dans un tunnel, il bringuebala violemment et, dans l'obscurité, Asha se cramponna au bras de sa sœur. En temps ordinaire, leur mère l'eût mise en garde bien avant Reet. Mais parfois Ma était prisonnière des griffes du Geôlier – ainsi les filles nommaient-elles la pesante mélancolie qui souvent tombait sur elle tel un linceul. Était-elle déjà partie si loin que même la crainte de voir sa fille décapitée ne pouvait la tirer de sa torpeur ?

Lorsque le train sortit en ahanant du tunnel, Asha eut peine à croire à ce qu'elle voyait. Leur mère avait enfoui son visage dans ses mains, et des larmes – de vraies larmes, mouillées, salées – striaient de larges sillons brunâtres ses joues poudrées.

Que se passait-il ? Il devait y avoir une erreur – il était impossible que Sumitra Gupta puisse pleurer. Les filles avaient maintes fois vu leur père ému aux larmes, même quand Ma ou Reet chantait la pluie, le chagrin ou les peines de cœur. Mais leur mère ne pleurait jamais, se retirant plutôt dans un silence froid qui pouvait durer des heures, des jours, des semaines. Jusqu'à des mois, comme après l'arrivée du télégramme lui annonçant la mort de sa mère. »

(Extrait du chapitre 1)

La Maison du pont, **Aidan Chambers**
traduit de l'anglais (Grande-Bretagne) par **Élodie Leplat**

« Adam surgit devant moi comme un fantôme. Un instant, je crois qu'il en est un. Puis, comme souvent par la suite, il transforme son apparition en jeu. Il fait semblant d'être un fantôme, mais seulement quand il découvre qu'il s'est trompé.

Alors qu'il cherche un endroit où squatter pour la nuit, il tombe sur la petite maison octogonale à côté du pont, pas de lumière, ça a l'air vide, mort, et il se dit que c'est son jour de chance. Il ne sait pas que je me trouve à l'intérieur ; en plus, c'est Halloween.

Il force la porte, doucement. Ça ne lui pose aucun problème. La serrure est vieille et fragile, il est costaud. Même s'il n'est pas grand – petit, souple – on a parfois l'impression qu'il a les muscles d'un homme vigoureux, ce qui participe de sa face cachée, de son mystère.

Il force la serrure si doucement que je ne me réveille pas. Cela fait trois mois que j'habite dans la vieille maison du péage et je dors bien, ce qui n'était pas le cas lorsque l'endroit m'était encore étranger et que je n'avais pas l'habitude d'être seul. »

(Extrait du chapitre 1)

Des étoiles au plafond, **Johanna Thydell**
traduit du suédois par **Agneta Ségol**

« J'ai quelque chose à te dire, Jenna.

C'est exactement ces mots-là qu'elle a employés. Et avec cette voix-là. Sa voix d'adulte. Jenna se tenait dans l'embrasure de la porte de la chambre de maman, son doudou Ragnar coincé sous le bras. Maman était allongée sur le lit, enveloppée d'une couverture pleine de bouloches. Elle avait l'air grave.

J'ai quelque chose à te dire.

C'est exactement ces mots-là qu'elle a employés, et Jenna a répondu quoi ? ou peut-être alors dis ! ou peut-être autre chose, elle ne s'en souvient pas. Il y a si longtemps.

Il y a sept ans, quatre mois et seize jours.

Les lattes du parquet grinçaient quand Jenna a enfin osé poser ses chaussettes Mickey par terre. Sur la pointe des pieds, elle s'est avancée jusqu'au lit de maman et s'est assise sur le bord moelleux. Maman a pris la main de Jenna. Il neigeait dehors. Les flocons se brisaient contre le carreau. Jenna se demandait si ça leur faisait mal.

Jenna, a dit maman en captant le regard de Jenna qui s'était un peu perdu dans la grande chambre, Jenna, tu m'écoutes ? »

(Extrait du chapitre 1)

Samien le voyage vers l'outremonde, **Colin Thibert**

« […] "Si je pars tout de suite, se dit alors Samien, je peux espérer franchir le col du Sarangon avant le jour." Il était à peu près certain que personne ne lui donnerait la chasse au-delà de cette limite : les habitants du village redoutaient l'inconnu. Une vague